O RÉU DOS SONHOS

JOSÉ OLIVEIRA

O RÉU DOS SONHOS

Coleção
NOVOS TALENTOS DA LITERATURA BRASILEIRA

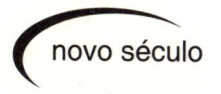

novo século

São Paulo 2008

Copyright © 2008 by José Oliveira

PRODUÇÃO EDITORIAL Equipe Novo Século
EDITORAÇÃO ELETRÔNICA Sergio Gzeschnik
CAPA Claudio Braghini Junior
REVISÃO Vera Lúcia Quintanilha
Jacinara Albuquerque de Paula

Dados Internacionais de Catalogação na Publicação (CIP)
(Câmara Brasileira do Livro, SP, Brasil)

Oliveira, José
  O réu dos sonhos / José Oliveira — Osasco, SP: Novo Século Editora, 2008. — (Coleção novos talentos da literatura brasileira)

  1. Ficção brasileira I. Título. II. Série.

08-02650   CDD-869.93

Índices para catálogo sistemático:

1. Ficção : Literatura brasileira 869.93

2008
Proibida a reprodução total ou parcial.
Os infratores serão processados na forma da lei.
Direitos exclusivos para a língua portuguesa cedidos à
Novo Século Editora Ltda.

Rua Aurora Soares Barbosa, 405 – 2º andar
Osasco – SP – CEP 06023-010
Fone (11) 3699-7107
www.novoseculo.com.br
atendimento@novoseculo.com.br

Para meu filho
Max André,
sinônimo de amor maior

(daqui até o final, tudo é ficção).

Prefácio

Até que ponto devemos acreditar em nossos sonhos? Até que ponto devemos ser perseverantes naquilo em que acreditamos? *O réu dos sonhos* conta a história de Diôni, um rapaz de família rica que vive na busca incansável por aquilo em que acredita. Seus sonhos estão longe da realidade daqueles que estão ao seu redor, mas o jovem devaneador é incentivado por seu avô, homem que não acredita na existência de sonhos impossíveis. Diôni acredita na importância de deixar este mundo sem que nenhum sonho deixe de ser realizado, ao menos, não os sonhos que dependem só dele. Assim como todo indivíduo pobre ou rico deste mundo é movido por seus sonhos, o rapaz enfrenta seus desafios, encara todos os obstáculos, descobre ao longo de sua busca que, além de perseverança, o homem tem que ter fé e paciência para realizar todos os seus sonhos, sejam eles quais forem, estejam eles onde estiverem. Além da lição da busca, *O réu dos sonhos* também mostra muitas coisas que estão bem diante de nossos olhos e que até então não percebíamos. Retrata conflitos familiares, a ambição sem limites do homem, a discussão sobre a vida em si, o homem em geral, tudo em uma linguagem simples, às vezes com passagens picantes, cotidianas e outras muito bem humoradas — retrata a glória das conquistas que alguém pode conseguir ao longo de sua vida.

"O Destino" — a cada dia que passar o destino nos reservará novas surpresas, onde algumas serão para nosso total prazer e outras, lamentavelmente, para nossa total decepção.

"O Sol" — está há muito no céu e ninguém é capaz de desvendar seus verdadeiros segredos, e por mais imenso e poderoso que ainda seja jamais terá o poder de iluminar toda a Terra de uma só vez; isto prova que todo poder é limitado, a não ser, é claro, o poder de Deus.

"O homem" — queira ou não, não consegue traçar seu destino, são limitadas as suas vontades, desde o nascimento está sujeito à sorte e aos desejos alheios, não escolhe seu nome, sua cor ou raça, e no decorrer de toda a extensão de sua vida está submisso às vontades que não são suas, planeja e sonha, luta para realizar cada um desses sonhos, sejam eles quais forem, grandes ou pequenos, a importância e as dimensões deles é o homem quem determina, mais ninguém; e no fim, no fim todos nós sabemos, só pode ser de duas maneiras: um final feliz ou infeliz, não existe meio-termo na vida real. Assim como não existe meio vivo ou meio morto, entre tantos outros exemplos que se possa citar.

"Personalidade" — na vida não nos deixamos induzir de um modo que possa interferir em nossas transformações, sejam elas na rebeldia de nossa juventude ou mesmo na nossa natureza humana. É certo que o homem nasceu para encontrar e seguir o seu caminho, fazer o seu caminho... Trilhar seu próprio caminho com sua única e exclusiva maneira de ser.

"Meu grande herói" — mas por tudo isso **Humberto Gessinger** com toda a certeza também tivera que passar, e fizera de maneira honrosa e brilhante, sua vida com suas próprias letras.

"Existem alvos em todas as casas; no mundo há Reis que viraram Servos e Servos que viraram Reis."

O autor

Capítulo I

Desde muito cedo Diôni fora fascinado por sonhos: uma noite bem dormida, na qual tivesse qualquer tipo de sonho, era para ele sinônimo de um ótimo dia. Era incrível o poder que exerciam os sonhos sobre o garoto; quando tinha sonhos macabros, às vezes despertava com uma súbita e violenta dor de cabeça que se prolongava ao longo do dia. Ele convivia com isso sem sofrer maiores conseqüências, os afazeres do dia se responsabilizavam em fazê-lo esquecer as cenas, todas elas, e a dor de cabeça se esvaía junto ao pôr-do-sol. Diôni nunca tivera coragem de dividir aquilo com ninguém: ele tinha um mundo extremamente fechado, se limitava às dimensões de seu quarto, vivia a observar o comportamento dos meninos e das meninas que freqüentavam a mesma escola, mas não chegava a nenhuma conclusão. Sua mãe, Giovana, o tratava com exímia doçura. O tempo passou, o relógio não parou e Diôni se tornou um adolescente.

Na adolescência, o mundo de Diôni estava limitado à escuridão, ele olhava ao seu redor e sua visão lhe proporcionava o que um cego vê: nada. Entretanto, a vida daquele jovem continuava sem maiores problemas, pois problema maior que aquele já existente realmente não poderia ter: sob concessão da vida e sem nenhuma óbvia explicação, ele tenta viver os limites que sua angústia lhe dá. Nem sempre foi assim: nesta mesma adolescência, estava ao alcance do jovem tudo o que muitos sonhariam em ter; portanto, o jovem vivia sua vida de maneira quase formidável. Um sorriso sempre exposto nos lábios, muitos amigos em casa e ele na casa de muitos amigos, estava sempre próximo à sua mãe, e seu pai, Mário, cada vez mais distante, sem nenhuma preocupação com quem o garoto poderia se tornar diante da vida de riscos.

Quando seu pai estava em casa, eram inúmeras as visitas, ricos metidos incomodavam Diôni, mas não na mesma proporção que os metidos a rico, estes sempre foram os piores seres de uma sociedade. Quando todos iam embora, o jovem tentava se aproximar do pai, mas não era correspondido. Giovana observava o comportamento do garoto e não conseguia segurar as lágrimas que abrilhantavam sua face, ela discretamente as enxugava e chamava o filho, lançando um olhar hediondo a Mário, que sacudia os ombros e dava as costas a ela; esta compartilhava da decepção e tristeza do jovem, não media esforços e procurava recompensar as falhas de Mário com bens materiais; às vezes, Diôni recebia com entusiasmo seus presentes, outras vezes não, mas compreendia os esforços de sua mãe. Acometido em suas decepções, Diôni começou a ter seus devaneios que o acompanham até mais ou menos um ano e sete meses atrás.

Com dezoito anos ganhou um carro de seu pai, aliás, um belo carro; ele agradeceu a Mário sem nenhum entusiasmo, deu uma volta em torno do automóvel e sem ao menos entrar colocou a chave no bolso e foi para seu quarto.

— Mal-agradecido — resmungou Mário —, consegui ter meu primeiro carro com vinte e quatro anos.

Giovana o olhou com reprovação e se retirando disse sem ao menos olhar para trás:

— Você conseguiu? — ironizou ela. — Poupe-me Mário; não pense que você ganhará seu filho como ganha a todos, com seus miseráveis presentes ou convites para festas, pois um filho precisa é de amor e atenção, e muita atenção — e isto não te faz desembolsar nada, mas você insiste em crer que o mundo gira em torno do que as pessoas têm e não do que elas são.

— Não enche, suma daqui. — Não precisava mandar, pois Giovana já havia desaparecido.

O carro não foi de toda inutilidade para Diôni, que, pediu dinheiro para sua mãe e o equipou com a ajuda de Hêndreas, seu melhor amigo: rodas, som potente, rebaixaram e meteram *insulfilm* nos vidros.

— Vamos deixar este carro uma máquina — disse Hêndreas mais empolgado que o próprio Diôni, que se alegrava cada vez mais com os resultados obtidos no carro.

Saíam e voltavam. A cada volta, um novo acessório era atribuído ao veículo, que realmente estava se tornando uma máquina na linguagem deles. Finalizados todos os desejos de Diôni em relação ao seu carro, ele tirou habilitação; enfim, estava livre para ir onde quisesse e Hêndreas deixou de ser o seu motorista particular. Vários dias se passaram e Mário retornou para casa, viu o carro completamente modificado, concluiu que Diôni havia adorado aquele presente e que Giovana estava errada em dizer que um carro não o aproximaria do filho, embora esta aproximação não fosse de todo interesse por parte de Mário, convenhamos.

"Os jovens sempre se rendem a um belo carro e isso ninguém pode negar. Ninguém" — disse Mário a si mesmo já entrando em casa.

Ali estava Mário: o pedagogo.

Entrando notou que não havia ninguém à vista, concluiu que Diôni estaria em seu quarto. Quanto a Giovana, "Quem se importa onde ela esteja?" — riu. Com este pensamento, caminhou rumo à cozinha, no corredor se deteve: "há alguém lá, Cristina, a empregada, decerto"; e lá estava a jovem; ele olhou para um lado e outro, observava os movimentos dela diante da pia, o quanto seu uniforme subia lhe chamando o pau à medida que guardava uma louça ou outra no armário. Silenciosamente Mário dirigiu-se a ela e sem ser notado a agarrou por trás dizendo baixinho em seu ouvido:

— Estava com saudades, onde está Giovana? Vamos para o quarto —, ordenou apertando-a mais forte. Ela por sua vez se encolheu, suspirou e deu um risinho malicioso, depois advertiu:

— Diôni está no quarto dele, ele pode nos ver e aí teremos problemas.

— Vamos logo, quando ele se tranca no quarto não há quem o tire de lá, deve estar ouvindo música ou dormindo, quanto a mim pode ver que estou bem acordado.

Ela o olhou na altura da cintura e fez uma carinha de menina que o queria despir, depois mordeu o lábio inferior, em seguida os dois subiram, e sem ressentimento ou culpa, treparam na cama de Giovana, que tardava em chegar. Ao chegar viu sua cama desfeita com algumas manchas no lençol. Ela desceu e ordenou para Cristina que subisse e trocasse a roupa da cama.

— Mário deve ter dormido lá e babado em meu lençol, troque, por favor, Cristina.

— Sim senhora, D. Giovana. — Cristina retirou-se, rindo da inocência da patroa.

"A única babada que ele deu foi dentro de mim" — completou em silêncio, fechando os olhos de prazer.

Os anos se passaram, Diôni tornou-se um homem. Ganhou outro carro, desta vez ele teve o direito de escolher; como o anterior, equipou do seu jeito, mas desta vez sem recorrer a Hêndreas, já sabia aonde ir e o que comprar. Sua vida girava em torno daquilo que ele dizia ser "o pior dos pesadelos", as pessoas se afastaram, entre tantos amigos só lhe restou Hêndreas, que vivia ocupado com seu trabalho e nas horas vagas ia ao encontro de sua namorada — vivia sem tempo para conversar com Diôni.

Mais um dia amanhece. Diôni acorda, nota que o sol já está alto e suspira aliviado por não ter sonhado, resolve permanecer bons minutos ainda na cama, olha ao redor, através da janela vê que o sol faz daquela manhã um tanto bela em relação às outras em que chovia incessantemente. Após mais alguns minutos se levanta, toma um banho e já desperto desce para tomar café; a casa está vazia, não sabe onde está sua mãe e já está completamente acostumado com a ausência do pai, enquanto está na mesa exala suspiros várias vezes, sempre inconformado com algo, atitude que chama a atenção de Cristina, que o acha muito estranho; para ela, um jovem que não tem humor constante, num dia diz "bom dia" e no outro é indiferente com a presença de quem quer que seja, ela o olha, dá de ombros e volta a seus afazeres que não são poucos. Ela pára um pouco e o observa discretamente: "Será que você é igual a seu pai? Claro que não" — pergunta e responde em silêncio, depois se retira incomodada com a presença do rapaz.

Após freqüentes suspiros e finalizado o desjejum, Diôni se retira e retorna para o seu quarto, muda de roupa após escovar os dentes, dá mais uma olhada no espelho para garantir a aparência, pega o carro e sai em busca daquilo que só ele conhece, busca o seu tesouro em cada corpo de mulher, busca seu tesouro em cada alma feminina, volta para sua casa sem sucesso, como é de costume; sem falar com ninguém sobe ao seu quarto, sua mãe que já havia retornado o olha esperando um cumprimento que não vem, ela almoça com a empregada e a faz confissões, a empregada se mostra incrédula com tudo o que ouve e diz lamentar muito — Diôni, trancado em seu quarto, não desce para almoçar. Sua mãe não se incomoda porque já está habituada com esta rotina.

Ele, por sua vez, passa todas as tardes sozinho, trancado no quarto, com seu segredo a sete chaves no peito, o dilacerando cada vez mais por dentro. Diôni guardava seus terrores para si mesmo: o rapaz busca algo que está fora de seu alcance e do qual não consegue se livrar a anos, o som está no volume máximo, ele deita-se na cama em posição fetal pensando em uma maneira de solucionar a aflição que seu coração e sua alma carregam; ao entardecer seus temores aumentam, pois a noite está chegando, ao dormir ele pode se confrontar com algo, o que não deseja de forma alguma. Seu maior medo é o de sonhar enquanto dorme, pois seus sonhos tornaram-se seus fantasmas desde tempos atrás. O destino o estava punindo por algo que desconhecia. Era a solidão que o consumia, queria ter a euforia de começar uma nova vida.

Horas antes de dormir e após o segundo banho do dia, Diôni desce, come algo rapidamente, desta vez cumprimenta sua mãe com um beijo, consulta o relógio e sai em disparada para a faculdade.

Lá, apesar dos esforços, não consegue se concentrar na aula, não consegue ao menos perceber que existe um intervalo de quinze minutos onde todos podem sair da sala e discutir com os colegas os mais inusitados assuntos ou revelar os mais nobres segredos — ele permanece sem prestar atenção ao seu redor, rabisca uma folha com a caneta fazendo movimentos da esquerda para a direita e da direita para a esquerda até perfurá-la, com ar pensativo retoma tudo novamente em outra folha; fica com o cotovelo apoiado na carteira e a cabeça apoiada na mão esquerda, enquanto a direita trabalha incansavelmente. Um ou outro o observa, mas ninguém faz nenhum comentário, não na sua frente, evidentemente, mas na ausência dele a história muda, o comportamento do rapaz é digno de inúmeras questões.

Ele ali permanece sem mudar sequer sua posição na cadeira, as duas últimas aulas se vão e ele se retira no meio da multidão após ter rabiscado quase vinte folhas em vão, praticando movimentos que conspiram a favor de alguma lesão por esforços repetitivos.

Sai rapidamente enquanto Hêndreas tenta, em vão, lhe chamar a atenção. Aquela aparência sombria no belo jovem assusta o colega — e todos estão em comum acordo quanto a isso, mas Diôni por si só, e sem premeditar nada, acabou afastando muitos daqueles que queriam se aproximar, e os que já estavam próximos (principalmente as garotas). Mas mesmo assim seu sucesso com elas sempre fora inevitável, sua aparência, classe social, a maneira gentil e encantadora de dirigir-se a elas favoreceu para que ele conseguisse as mais belas mulheres ao seu lado, mas isso ocorrera tão raramente, porque nos atuais dias são poucas as garotas com quem sai; a bem da verdade, ele as evita como uma presa foge do predador — porque, segundo ele, existe uma nobre razão por trás desta decisão. Com o passar do tempo, o mundo daquele jovem se reduzira apenas às dimensões de sua casa.

"É preciso entender o coração para se viver a razão, é necessário ter razão para agir com o coração, e assim sem entender isso ou aquilo o mundo não pára de girar." Diôni riu ao volante quando lembrou desta frase que não sabia ao certo se a vira em algum livro ou revista.

No caminho de casa, Diôni pára em um bar, compra uma garrafa de *vodka ice*, encosta-se no carro e fica a observar ao seu redor, no terceiro gole acende um cigarro, dando um trago após cada ingerida de bebida, o cigarro chega ao final e é lançado para o outro lado da rua. A pequena garrafa é depositada em um cesto de lixo, ele entra no carro, antes de ligar o motor se olha no espelho, coloca um dropes na boca e sai queimando pneu.

Já no portão de sua casa, olha para o segundo andar; sentindo calafrios em pensar que dormir é seu maior medo, sabe que não há como fugir e entra sem ser notado, sua mãe está na biblioteca lendo um livro; quanto a seu pai, só Deus sabe onde pode ser encontrado. Diôni sobe para o quarto, lá muda de roupa, põe um CD, em baixo volume desta vez, dirige-se à janela e, afastando a cortina, observa as luzes da cidade; arrasta duas cadeiras, sendo uma para sentar, a outra para apoiar os pés, pega o cinzeiro e começa a fumar novamente; permanece olhando fixamente para as luzes, sente cansaço, volta o olhar para sua cama e tenta evitar o inevitável, se espreguiça com as mãos entrelaçadas na nuca, estica as pernas e acende outro cigarro. Cochila por alguns minutos e, ao acordar, nota que o cigarro havia queimado por inteiro; lamenta o fato da sujeira, mas não tem forças para recolher as cinzas, esmaga a bituca no cinzeiro e vai cambaleando de sono para o banheiro. Joga uma água no rosto e escova os dentes; em seguida, seca o rosto e as mãos, jogando-se sem objeção nenhuma na cama.

Diôni agora está na companhia daquela que para ele é a mais bela das mulheres, como sempre acontece o jovem casal é observado pelos curiosos do lugar. Eles estão na pequena praça, a praça que Diôni desconhece, ao contrário de sua jovem companheira, que a conhece tão bem como a palma de suas delicadas mãos. Para Diôni, estar na companhia daquela mulher é um daqueles sonhos do qual não se deve acordar nunca; ela é sua grande paixão, sua companheira, cúmplice de seus sonhos e planos mais íntimos para a vida, assim como Diôni é dela também, não há segredos nem desconfianças entre os dois, nada supera o amor daqueles dois jovens, o amor que nem sempre dura para sempre, mas este, este é o amor dos amores, a não ser que exista algo que possa acabar com aquela sensação de paraíso dos dois jovens, o paraíso que em segundos pode se tornar inferno, já se tornara com incontáveis casais; estariam eles imunes de algo tão comum e às vezes inevitável?

Permanecem sentados em um dos inúmeros bancos daquela praça de poucas luzes — na verdade, uma praça mal-iluminada; ao redor os transeuntes ficam imaginando o que o jovem casal tanto conversa, ou ainda o que faz às escondidas, é um hábito das pessoas das pequenas cidades comentarem sobre a vida alheia, quase sempre um verdadeiro antro de fofocas. Os jovens são o centro das atenções do lugar, mas estão indiferentes à situação, não se incomodam com os olhares, vivem em um mundo onde os que estão fora não podem entrar, se sentem únicos.

Passados vários minutos e discutidos alguns assuntos, a linda jovem se levanta, subentende-se através de seus gestos que quer sair dali, estende suas mãos a Diôni e ele as segura, também se levanta e a abraça pelo pescoço, ela retribui o abraçando pela cintura, os dois fogem da vista daqueles que, na falta do que fazer, ficam fazendo comentários maliciosos sobre o casal. Já distante da praça, de vez em quando o casal pára e se beija, outras vezes se beijam andando a passos lentos, conversam e ficam em frente de um prédio velho, aliás, muito velho, está prestes a não suportar mais o seu próprio peso.

Diôni observa curioso, o prédio chama-lhe a atenção embora nunca o tivesse visto, o prédio de poucos andares em ruínas lhe é familiar, vinha à sua mente lembranças de um parente ou pessoa próxima, mas ele não conseguia associar a quem exatamente naquele momento. O prédio, com seus detalhes na pintura desgastada e a arquitetura um tanto excêntrica, o deixou curioso, e por incrível que pareça é o único prédio da pequena cidade. Sua companheira, de testa franzida, o adverte reivindicando atenção, pois a idéia de ser trocada pelo prédio naquele instante não lhe agradou. Diôni responde com um sorriso e a abraça, saem dali, caminham por ruas e ruas e por falta de opção voltam à praça, onde são bombardeados por maldosos comentários novamente.

Diôni se sente bem, está com a mulher de seus sonhos, não sente falta de nada, digamos que seja um homem realizado pelo menos no mais íntimo de seus sonhos. Toda a alegria silenciosa ali reside.

Em um sobressalto Diôni acorda, está exausto e deprimido, fica incrédulo, está mais uma vez diante daquela situação desagradável. "Não acredito que fora um sonho novamente, nunca foi tão real quanto desta vez" — comenta em desespero.

Olha para os lados, diante de seus olhos encontra-se o relógio que marca quatro e quarenta e cinco da manhã, só mais uma tortura; sentado à beira da cama, com os cotovelos sobre as pernas, enterra o rosto nas mãos, está diante de um fato realmente desastroso, pois mais uma vez não irá dormir. Lugubremente contempla o amplo recinto, no amanhecer evoca os detalhes daquele sonho que não se torna real nunca. Nunca mesmo. Hoje Diôni perdera todo seu fascínio pelos sonhos, seus sonhos não lhe trazem mais nenhuma alegria.

O jovem devaneador não sabe se há ou não uma saída para o seu problema até então sem solução. Amanhece, e depois de zanzar pelo quarto Diôni se levanta, toma um banho, debica qualquer coisa no café que está sobre a mesa, não cumprimenta ninguém, vai à garagem, com seu carro perambula por ruas desconhecidas, distantes de sua casa, e busca em vão o rosto da garota que está presente em seus sonhos, a mulher que o faz feliz, a mulher que o faz renunciar a tantas e tantas pretendentes. Apaixonara-se por ela, sem explicação acredita em sua existência, acredita que caso a encontre ela irá corresponder ao seu amor, uma fé cega domina o íntimo daquele jovem que mais uma vez volta para casa. Sem ao menos encontrar um rosto parecido com o de sua amada, a volta para casa, como sempre, é uma repetição diabólica.

Atordoado, cansado e com uma profunda raiva vai para o seu quarto. Não consegue dividir com ninguém seus sentimentos, não compreende o que ocorre em sua vida, se pergunta se seria apenas ele em milhões de pessoas que seria apaixonado por alguém que existe apenas em um sonho. E se alguém mais sonhasse, esperaria como ele por tanto tempo? Teria alguém esta ousadia? Ou apenas Diôni cometeria tal loucura? Ele estava aprisionado em um pesadelo para o qual não havia saída e conhecia bem a extensão de sua miserável condição.

A jovem guria não lhe dava tréguas, anos atrás Diôni vira uma foto por segundos, aquele rosto não lhe saía da cabeça, ele procurou pela foto várias vezes, mas não obteve sucesso. Na mesma noite sonhara com aquela face angelical, talvez fosse a mesma jovem da foto, o sonho fora fantástico e o deixou entusiasmado, noites e noites sonhando com a mesma garota, a praça desconhecida e a cidade, ambas mal-iluminadas; o cenário nunca mudou, com o passar dos dias Diôni se encontrava apaixonado por alguém que desconhecia, depois as semanas, terríveis e dolorosas sucederam-se e transformaram-se em meses, com o passar dos anos esta paixão se transformara numa tormenta que ia de mal a pior. Hoje ele não sabe como lidar com a situação, as alternativas são limitadas; na verdade, para sua decepção, não existem alternativas.

A foto? Bem, a foto ele não tem mais certeza se vira realmente ou não, talvez ela pudesse ter feito parte de um dos seus primeiros sonhos. Vivia Diôni em busca do que apenas ele sabia, apenas ele acreditava, era incerto dizer se valeria ou não a pena insistir naquela busca. Eram intensamente trágicos os raros momentos em que ele se tornava consciente outra vez. Eram trágicas as madrugadas, era trágico o despertar de seus sonhos intranqüilos.

Os problemas de Diôni não paravam por aí. A vida de sua mãe, a ausência do pai e o casamento dos dois; quanto ao seu pai ele já estava conformado de que os contatos nunca seriam duradouros e jamais afetuosos, quanto ao casamento dos pais, pelo menos por enquanto, esta era uma preocupação desnecessária. Quase tudo preocupante na vida daquele pobre jovem; jovem, aliás, muito rico, em sua casa iam pessoas de todos os tipos, ainda iam os ricos metidos e os metidos a rico, pessoas que validavam um caráter pela condição financeira.

Capítulo II

Diôni Dionizio Marcondes. Marcondes; sobrenome que herdou da mãe, nome de grande influência na cidade, no estado, não chega a ser do país, mas não deixa de ser um nome forte no belo estado, onde há muito verde e muito frio também; muitas pessoas bonitas, a cidade de Diôni não chega a ser grande nem pequena, eis aqui um meio-termo, cidade verde como o estado e que às vezes faz muito frio também, tem time na primeira divisão estadual, ponto turístico e tem Mário Dionizio, pai de Diôni. "Dionizio", nome fraco e feio, nome perfeito para um papagaio, ninguém sabe quem tem este sobrenome por lá, quem tem, que é o caso de Mário, se limita a dizer, Mário Dionizio é a ambição em forma de gente, usa qualquer trunfo para conseguir dinheiro, nunca pôde se duvidar de que ele pudesse sacrificar a própria mãe por cifras em bons números, sua arrogância crescia a cada dia, este era um ser singular do ponto de vista negativo, um cara que certamente não passará impune até o fim desta história, talvez não; nos dias de hoje há muito pilantra se dando bem por aí; entretanto, o fim irá nos revelar a colheita de Mário baseada no que ele plantar no decorrer de sua terrível trajetória.

Diôni sempre esteve distante dos planos de seu pai, e seu pai, hoje em dia, distante de seus planos, pois o jovem devaneador estava com sua vida voltada somente a um propósito: encontrar a mulher que amava, essa seria uma meta difícil e talvez impossível de ser atingida, ele sabia disso, mas aprendeu desde pequeno que não se pode abrir mão daquilo que sonhamos, que quem não sonha também não vive, que na verdade os sonhos contribuem no caminhar da humanidade. Mas e os seus sonhos? Eles são desiguais aos das outras pessoas, talvez fosse banal demais acreditar na existência daquela pessoa, mas isso cabia a ele decidir. Evidente que ele optou pelo óbvio, o amor quando existe fala alto, deixando as pessoas surdas e completamente cegas, pois muitas vezes os homens, por causa do amor, deixam de lado a voz da razão.

Nunca Diôni revelou a ninguém aqueles sonhos; ele temia que isso fosse razão para que do dia para a noite se tornasse alvo de gozações alheias. Nem mesmo Hêndreas, seu amigo desde a infância, imaginava o que acontecia na vida daquele que, para ele, era o seu melhor amigo. Hêndreas e Diôni se conheceram no terceiro ano do fundamental, desde então aquela amizade foi devagarzinho crescendo e ambos cuidaram bem dela, tão bem que ela já dura dezessete anos, algo nobre para se cultivar entre as pessoas — a verdadeira amizade. Diôni tinha certeza de que Hêndreas não zombaria dele caso soubesse de sua tragédia, pelo contrário, tentaria de todas as formas ajudá-lo, porém Diôni, inseguro, optou pelo silêncio. Alodoxafobia?

No meio de tantas tristezas na vida daquele jovem existia uma pessoa bem singular à sua volta, alguém muito extrovertido que era um verdadeiro pensador, gostava muito de falar, e como gostava. "Fala mais que o homem da cobra", comentavam uns e outros, mas ninguém, ninguém mesmo, deixava de ouvir o que aquele senhor tinha a dizer sobre os mais diversos assuntos; ele dizia o que pensava sobre as mulheres, os homens, a traição, a vida, o comportamento, as alegrias, as tristezas, enfim tudo o que estava voltado ao nosso belo e querido mundo, multidões se juntavam ao redor deste senhor para ouvir o que ele estava dizendo, uns diziam:

— Sr. Marcondes, o que o senhor pensa a respeito da traição?

Ele respondia com enorme prazer, e assim que acabava outro emendava:

— E futebol, o senhor gosta de futebol? Qual é o melhor jogador, que time torce?

E assim Antônio Marcondes conquistou vizinhos, parentes e amigos de vizinhos de todas as idades, fez fama primeiro no bairro e hoje é conhecido naquela cidade em virtude de suas teses e teorias, também por causa de seu patrimônio, que infelizmente deixara por conta de seu genro, não demonstrava, mas era um senhor muito bem sucedido.

Sobre o que falava, defendia com unhas e dentes tudo, mas o que mais encantava a todos era o que Antônio Marcondes, avô de Diôni Dionizio Marcondes, dizia a respeito das mulheres, esta era a pergunta que não calava, muitas das mulheres e moças lhe perguntavam, homens e rapazes também, enfim, todos queriam saber o que o velho Marcondes pensava a respeito das mulheres, muitas delas saíam decepcionadas, por naquele instante saber de algo tão óbvio que muitos não haviam pensado antes; outras, por nunca terem se dado conta da beleza e importância do que é ser mulher. Aquele senhor se tornara referência sobre os mais diversos assuntos. Certa vez, um jovem lhe fez a seguinte pergunta:

— Sr. Marcondes, o que pensa a respeito da morte?

O que impressionou a todos naquele instante foi o silêncio que se sucedeu diante da pergunta, talvez imprópria. Marcondes tinha um brilho estranho no olhar, parecia que aquela teria sido uma pergunta inoportuna demais, ou quem sabe aquilo seria um assunto que o assombrava? Houve constrangedor silêncio — quanto ao rapaz, permaneceu desconcertado diante daquelas pessoas de olhares acusadores. Marcondes deu uma cuspida no chão e mandou:

— A morte... — balançou a cabeça positivamente, com o indicador e o polegar direito sobre o queixo, massageando o cavanhaque. Deu outra cuspida e prosseguiu:

— A morte, ela me espanta, a idéia de morrer me assombra e isso se chama Tanatofobia, mas ela é inevitável e atingirá o mais covarde e o mais corajoso, o vilão e o mocinho, o mais rico e o mais pobre. A morte existe para acabar com as diferenças; e como sabemos que ela é inevitável podemos ao menos lutar para que a vida se prolongue. O que interrompe de verdade a vida é a morte, e afinal de contas iremos passar mais tempo mortos do que vivos, por isso aconselho a todos a não ir ao encontro dela, então cabe a cada um aqui — o indicador agora apontado às vezes para o céu, às vezes para um dos ali presentes — evitar tudo o que possa levar ao seu encontro, porque a morte é certa e impiedosa. Evitem alta velocidade, cigarros, bebidas, brigas e envolvimentos com mulheres casadas, estes exemplos já levaram muitos precocemente de encontro ao túmulo, fiquem atentos e vivam a vida, ela existe para ser muito bem vivida — a vida é nosso maior tesouro, não há nada mais belo que o nobre desafio de viver, nela nenhuma rachadura deve ser considerada pequena, porque nunca saberemos qual será a força do próximo vendaval. Sejam felizes não importando o que tenham, onde moram e não limitem de forma alguma a felicidade dando importância a cenários e situações que os acompanham, mas isso não significa que devemos nos acomodar pelas conquistas por novos horizontes, mas enquanto eles não chegam sejamos felizes.

— Viver é bom — disse alguém.

— Não. Viver é necessário, sexo é bom — rebateu Marcondes. — E na minha lápide, por favor, escrevam: "Gozou muito, e com muitas".

Os presentes se deliciavam com os pensamentos daquele senhor, mesmo falando em morte ele conseguia prender a atenção das pessoas, conseguia fazer as pessoas refletirem sobre tudo o que falava.

Entre tantas, esta era apenas uma das pérolas de Marcondes, mas sempre a cada conversa alguém pedia ao velho para repetir o que pensava a respeito das mulheres, e sempre sem protestar ele respondia sorrindo, tinha um enorme prazer em responder àquela pergunta.

Os dias passavam e a vida de Diôni era a mesma, durante o dia saía muito, e agora estudava e sonhava à noite, procurava se conter, mas a ansiedade era maior. Ele saía pela cidade em busca daquela sombria paixão, sempre decepcionado retornava para casa, triste, um olhar perturbador e uma breve dose de nervosismo o dominavam, ia para seu quarto sem antes cumprimentar as pessoas que o viam chegando; estando em seu quarto, o som no volume máximo se transformava em seu consolo. Não havia o que fazer para tirar aquele infortúnio de sua vida, ele estava envolvido demais para fingir que nada acontecia, seus resultados às vezes estavam muito abaixo de sua capacidade; Diôni era vítima do triste destino, sua vida deixou de ser normal; seus amigos e conhecidos viviam muito bem, assim era a imagem do jovem diante de todos os que estavam à sua volta: todos bem, e ele mal.

Em seu mundo havia um sonho, sonho que fazia de sua realidade uma triste rotina. Ele buscava este sonho, sabia da capacidade de todas as pessoas sonharem, sabia também que ninguém se apaixonaria por alguém por quem sonha, exceto ele; Diôni nunca soubera se outras pessoas sonhavam sempre com uma única pessoa, jamais soubera de alguém apaixonado por uma pessoa que nunca vira antes. Estava convicto pelo não da sua redenção, sabia da existência daqueles que buscam o sucesso pessoal ou profissional, sabia que esses sonhadores se confrontam com obstáculos na realização ou na busca de cada sonho, conhecia o fato de que, às vezes, o homem se confronta com muitas derrotas também — isso não era nenhum consolo, mas Diôni não tinha a menor idéia de onde começar sua busca, não sabia ao menos como buscar, estava limitado a qualquer estratégia. Sempre imaginava que, quando encontrasse sua paixão, faria qualquer coisa para mantê-la feliz ao seu lado, porque agora, portanto, ele era o mais derrotado de todos os homens. Era desta maneira que ele se intitulava: um derrotado. Sua paixão por aquela mulher lhe valia o suplício inenarrável que o seu amor lhe empregava parecendo nunca ter fim.

Diôni vivia no difícil exercício de viver em paz, mesmo tentando pôr seus pés no chão não conseguia andar a passos firmes. Era um condenado em terras estrangeiras, queria muito viver em paz, queria muito aquele rapaz dedicar-se a algo que não fosse aquela jovem, jovem linda, mas ainda inexistente; uma figura que Diôni queria encontrar, mas que não sabia onde, não sabia por onde começar, por mais incrível que fosse o sonho daquele jovem, ele estava determinado, estava disposto a ir até aonde suas forças o levassem. Sabia, sobretudo, das dificuldades, dos possíveis tropeços. Sabia também que só conseguem algo aqueles que tentam, sabia também que aqueles que não se movem não chegam a lugar nenhum.

Eram tantas reflexões que o jovem fazia, às vezes acordava com febre, às vezes com dor de cabeça, todos os dias acordava pensando na garota, muitas vezes duvidou do amor. "Ninguém pode amar tanto uma pessoa", disse ele certa vez anos atrás — mas agora o rapaz sentia na pele o que é viver em função de alguém, tinha certeza do quanto estivera enganado.

Diôni lia, lia muito, tinha um vasto conhecimento literário. Gostava de filmes, tinha preferência pelos filmes de ação, tocava violão, não tão bem, mas o suficiente para impressionar aqueles que sabiam menos que ele. Mas cantava muito mal. Ali zerava o impressionismo. Acreditava em "Deus", seu avô um dia lhe disse: "Não se pode imaginar o quão grande é o poder de 'Deus', e que tudo o que é extraordinário aos nossos olhos não passa de simplicidade aos olhos d'Ele".

O rapaz não conseguia entender aquela frase, pensava e pensava, mas não conseguia chegar a nenhuma conclusão. Um dia Marcondes lhe explicou: "Aos olhos de 'Deus', as únicas coisas que são extraordinárias são nossas atitudes, nada mais". Diôni entendeu, mas relutou em concordar.

Seja nos livros, no cinema, na música ou em "Deus", Diôni procurava incessantemente a cura para sua causa, procurava pela mulher que tanto amava, a mulher que se resumia em ser seu universo — em um desatino.

Sem fazer alarde Diôni vivia, aliás, tentava viver a seu modo evidentemente, mas já que estava imerso no oceano da solidão queria abraçar algo, mesmo que fosse um barco prestes a naufragar, a vida não podia continuar daquela forma, mas a paciência ainda continuava a ser a melhor conduta, a perseverança o melhor remédio, mover-se ao invés de lamentar-se era o caminho mais seguro a trilhar, dessa forma tentava Diôni levar a vida adiante, com um sonho incomum em mãos. Sentia falta de ver alguém que nunca tinha visto antes, o céu em sua vasta dimensão não conseguia dar nenhuma resposta àquele jovem inseguro e tão cheio de questões.

Ao contrário de Diôni, Hêndreas e Priscila só faziam planos — planejavam o casamento, dois apaixonados que incansavelmente se viam todos os dias, ficavam a imaginar como seriam seus filhos, com quem se pareceria mais, com ela ou com ele, seria o primeiro filho um menino ou uma menina, comentavam sobre as tantas possibilidades que pode haver em uma vida a dois, tudo muito bem planejado por parte de ambos — menos, é claro, na possibilidade de levar chifre, isso certamente não cogitavam.

Hêndreas e Priscila sempre foram apaixonados, cultivavam um relacionamento de muitos anos, se conheceram por intermédio de Diôni — e pela internet —, na escola que ambos freqüentavam, Priscila se tornou o centro da vida de Hêndreas, deixou de certo modo ir à casa de Diôni, Hêndreas nunca deixou de jogar futebol aos domingos também, evidente que sem a companhia de Diôni em campo — pois este era um tremendo perna de pau, seu máximo era ir assistir um jogo, mesmo que fosse uma pelada, pois assim como o avô era um fanático por futebol, sabia a escalação completa de quase todos os times, principalmente do seu time, que a esta altura já havia sido campeão brasileiro, campeão da Libertadores e até campeão do mundo, sem contar os inúmeros títulos estaduais e da Copa do Brasil.

— Sabe Hêndreas — disse Priscila —, rezo todos os dias agradecendo e pedindo a Deus para que possamos ser muito felizes, pois temo que a magia acabe pelo fato de morarmos juntos.

— Conviveu, fodeu! — respondeu Hêndreas, de imediato explicando-se — Brincadeira, isso é apenas uma das falas de Marcondes, pode deixar que eu não compartilho dessa idéia, não mesmo — disse ele se encolhendo enquanto Priscila o massacrava com o olhar.

— Marcondes! Marcondes! Às vezes o acho um gênio, muitas vezes, porém, o acho um louco. "Conviveu, fodeu, é?" Deve ser por isso que depois que ficou viúvo nunca mais se casou.

— Ele deve ter os seus bons motivos — disse Hêndreas se encolhendo novamente e defendendo-se de uma possível agressão.

— Você está muito engraçadinho hoje — retrucou Priscila zangada, sem retomar a conversa séria que tentara ter.

Diôni já estava habituado em ter seu avô sempre na calçada com diversas pessoas ao redor, também sabia a hora exata em que elas partiam, e quando Marcondes ficava só, volta e meia recebia a "visita ilustre", como dizia ele, de seu neto. Diôni, que ensaiava inúmeras vezes como e quando contar a Marcondes sobre aquele sonho que o sufocava intensamente, mas nunca soubera de onde tirar coragem, sentia uma enorme vergonha em expor aqueles sonhos; mais constrangedor ainda seria alguém, mesmo sendo seu confiável avô, saber que ele era completamente apaixonado por uma pessoa que nem ao menos sabia da existência — essa idéia massacrava todos os sentidos do jovem. Devido a isto, Diôni dava voltas e voltas nas conversas, e quando estava prestes a tomar coragem o medo o dominava, a vergonha de dizer aquilo o deixava totalmente corado.

Marcondes notava que havia algo estranho nas atitudes e na vida de seu neto, mas se limitava a fazer qualquer pergunta — falava, falava e falava, às vezes Diôni ficava horas apenas ouvindo e respondendo com a cabeça o que Marcondes dizia — "fala pra caralho esse coroa", pensava Diôni formando um sorriso nos lábios, mas sempre saía dali com humor irreparável pelas situações e histórias que Marcondes lhe contava: estas conversas sendo agradáveis ou não, eram alguns dos raros momentos em que Diôni vivia com uma ponta de esquecimento sobre aquela sua paixão que o dilacerava impiedosamente.

Ao entardecer, Diôni chegou à casa de Marcondes, uma casa bastante simples em um bairro bastante comum para um exímio empresário, mas aquele senhor pouco se importava com aquilo. "De aparência vivem os modelos; pois eu não" —, dizia quando era questionado sobre o porquê de ainda permanecer na mesma casa e bairro da época das vacas magras. Na chegada houve um caloroso abraço e a alegria se apossou do lugar.

— Como vai sua mãe? Sente-se que vou pegar algo para bebermos — disse Marcondes, se dirigindo ao bar de sua casa.

— Ela está bem, e o senhor, muitas histórias por hoje?

— Fiquei em frente de casa até algumas horas atrás, pouca conversa e uns bons carteados com meus vizinhos desocupados como eu — ambos riram. Marcondes entregou um copo a Diôni e se acomodou em um dos assentos.

— Obrigado — agradeceu o neto —, ao que brindaremos?

Marcondes pensou um pouco enquanto Diôni permanecia com o copo estendido.

— A todos os sonhos da humanidade, a todos aqueles que acreditam sem nunca pensar em desistir. Esses merecem um brinde, não? — um sorriso amarelo percorreu sobre os lábios do jovem.

— É claro — balbuciou Diôni ao som dos copos, algo muito perceptível a Marcondes era aquele sorriso.

— Como vão as garotas da faculdade, muita paquera, está "ficando" muito como dizem vocês jovens? Há algo sério, ou não está rolando nada? — o sorriso amarelo no rosto corado e desconcertado de Diôni foi a resposta para Marcondes.

— Que é isso, rapaz! Nem parece que é meu neto! Eu na sua idade era um terror, era uma disputa acirrada por mim nas festas e na escola. — Diôni abriu um largo sorriso dando o segundo trago, "humilde, humilde, humilde até demais", pensou.

— Estou mais preocupado com os estudos, este é meu último ano e tenho que pensar no que fazer após o término dele, mas ando ficando com uma e outra sim. — Marcondes não entendeu a razão da mentira de Diôni.

— Que susto me dera Diôni, pois achava que pelo fato de estar estudando com afinco havia deixado de lado as garotas. Elas devem estar sempre presentes na vida de um homem, seja o que faça o indivíduo. Uma mulher muitas vezes é fundamental em tudo o que um homem almeja para si, mas também pode ser a sua desgraça, mas isso é vice-versa, não importa tanto, mas o seu futuro está praticamente garantido, não há muito com o que se preocupar. Se preocupe mais com as garotas.

— Mas certa vez o senhor disse que ninguém pode assegurar o nosso futuro, temos que escrevê-lo com nossa própria caneta, que somos responsáveis por nossos ideais e por nossas conquistas, gostaria muito de usar a base financeira que temos, mas apenas para construir o alicerce, as paredes e o telhado: quero construir sozinho, se possível for. Ainda tenho muitas dúvidas.

— Dúvidas são inúteis, seja convicto do que quer, não demore muito para tomar decisões, o tempo não nos espera, não se pode correr atrás dele, podemos apenas recuperar uma parte perdida. — Marcondes pôs o copo vazio de lado, colocou sua mão sobre a perna de Diôni e completou: — Não pense no presente olhando para o passado pensando "se": se tivesse feito isso ou aquilo, mas pense sempre que fiz isso ou aquilo e que infelizmente não deu certo, apesar das inúmeras tentativas, as oportunidades estão aí e temos que fazer sim aquilo que de bom é para nós. — Marcondes se levanta, a essa altura já extremamente empolgado. — Apenas você deve saber o que é bom e o que quer pelo resto de sua vida, quando disse que seu futuro é algo praticamente garantido pensei apenas na parte financeira, de modo que tenho condições de lhe assegurar isso; entretanto, o seu ser é apenas com você, tudo o que almeja só depende de você.

— É exatamente o que desejo — disse Diôni já se levantando, conferindo a hora.

— Muito bom, garoto. Mas já vai? Toma mais alguma coisa, quer que eu pegue?

Diôni balançou a cabeça indo rumo à porta.

— Você está aprendendo bem, Diôni — disse Marcondes enchendo o seu copo novamente. — Isso me orgulha muito, é fácil saber o que um homem sonha para si — Marcondes olhou de soslaio enquanto dava um trago em sua segunda dose. Diôni voltou-se incrédulo a seu avô sem nada entender. — Certa vez — prosseguiu Marcondes indiferente com a postura do jovem —, havia uma velhinha que se tornou conhecida por saber tudo o que o homem sonhava para si; depois de um longo tempo foi comprovado que realmente ela dizia o sonho de cada um, sua fama começou a se expandir por todos os lugares, inclusive nos países vizinhos, de modo que eram freqüentes as mais inusitadas visitas.

    Um jovem duvidava que a pobre senhora realmente pudesse saber sobre os sonhos das pessoas, com o passar do tempo decidiu comprovar; a distância até ela era muito grande, para ele isso não era nenhum obstáculo, porque era jovem e forte. Durante dias atravessou o deserto, encarou ventos, chuvas fortes e o frio, mas enfim chegou até a vila onde a velhinha vivia.

    — O que você deseja, meu jovem? — perguntou ela, amável.

    Ele de testa franzida imaginava que não seria preciso dizer nada, pois ela era uma adivinha, portanto deveria saber o que ele estava fazendo ali.

    — Eu quero que me diga os sonhos que desejo realizar em minha vida, atravessei o deserto e encarei chuvas e ventos para chegar até aqui — disse por fim.

    — Para isso você deve me pagar com seis moedas, pois é disso que sobrevivo.

    Ele lhe entregou as moedas, duvidando que aquele fosse um preço justo. Ela, com as duas mãos estendidas, pegou as moedas e as conferiu bem próximo aos olhos.

    — Então, quais são os meus sonhos? — perguntou o rapaz, com uma dosagem de ironia na voz, e ainda de testa franzida.

    — Você, meu jovem — respondeu ela pacientemente —, deseja casar-se um dia com uma bela mulher que te respeite e lhe dê filhos, ter um bom emprego com um salário que lhe assegure uma vida confortável, tu desejas no seu mais íntimo que nunca nenhum de seus familiares seja atacado por alguma enfermidade, pretende morrer bem velho e ser muito feliz em toda sua jornada.

    O rapaz a encarou com uma expressão de vasta reprovação, quase lhe reivindicando as moedas.

    — Mas eu — disse ele indignado, apontando os indicadores sobre o peito —, eu percorri um longo percurso onde ventos, chuvas, frio e o deserto eram perigosos obstáculos para ouvir isso? O óbvio? Disseram-me que você era uma adivinha — a velhinha abre um sorriso, já estava habituada a lidar com pessoas reativas, todos, sem exceção, tinham tal comportamento.

— Estou errada sobre alguma coisa que mencionei? — Perguntou ela.

— Não, não está, de certa forma tem razão. Mas ouvir isso por seis moedas? Isso não é justo!

— Injustiça seria eu dizer o oposto do que ouviu — disse ela antes de encerrar o diálogo. — Não sou de adivinhar nada, apenas digo o que é evidente, o óbvio como você mesmo disse, mas é algo que você nem os outros pensaram antes, pois se tivessem pensado não teriam vindo até aqui; minha certeza sobre o que os homens sonham é baseada em saber que cada indivíduo deste mundo deseja somente o bem e o melhor para si.

Diôni seguiu para a faculdade, a primeira aula, como todas as vezes que falava com Marcondes, já era. Nas demais ele estava presente, porém com o pensamento voltado à jovem por quem era apaixonado, uma angústia profunda o percorria em seu íntimo, pensava no quanto poderia ter razão seu avô em dizer que todos os que buscam conseguem, há também os que tentam por inúmeras vezes e ainda assim fracassam... Diôni temia ser um deles, não entendia por que deveria persistir naquela busca, pensava constantemente em desistir, mas seu coração implorava pelo contrário, ele em profunda tristeza obedecia, temia dormir, temia viver pelo resto da vida daquela forma — tinha um profundo medo que precisasse de alguém para protegê-lo da vida —, sentia-se sozinho e desapontado.

Resignava-se a pensar por que não sonhar como todos os outros indivíduos, gostar de alguém que estivesse ao seu alcance assim como viviam Hêndreas e Priscila, sempre ouvira as pessoas dizerem que sonhavam em comprar um carro, ter a casa própria, fazer uma viagem inesquecível, tornar-se um grande profissional ou ainda às vezes tão raro um escritor, mas esqueceu-se Diôni de que estes são sonhos em que as pessoas sonhavam enquanto acordadas, sonhos materiais bem opostos ao seu, e nenhum deles poderia ser visto sob a forma de impossíveis.

Capítulo III

No dia seguinte, Marcondes após o almoço saiu para a calçada em frente de sua casa, muitos ficavam à sua espera para ouvir suas histórias ou vê-lo discutir sobre um assunto ou outro, seus três vizinhos de mesma idade já o aguardavam há tempos para iniciar um jogo de baralho — dois deles já formavam uma dupla, o outro permanecia com cara de reprovação por formar dupla com Marcondes. Ali iam secar algumas garrafas de vinho, ou ainda queimar juntos alguns cigarros de palha — e isso, convenhamos, Marcondes sabia fazer muito bem, embora nunca tivesse fumado em toda vida; herança da época de bóia fria. "Morra, desgraçado", dizia ele entregando os palheiros a quem lhe pedia para fazer. "Sabe o que o cigarro falou para o fumante?" Ninguém respondia; Marcondes, cheio de razão, completava. — "Acenda-me hoje que eu te apago amanhã."

— Marcondes me faça um favor: não me irrite não, fica quietinho e nos deixe fumar em paz.

Os três velhinhos começavam a rir a não mais poder, enquanto Marcondes embaralhava as cartas rindo também. Os quatro senhores reunidos, realmente não dava para saber quem era mais ladrão entre eles, no jogo de truco não apostavam ou brigavam, só o fato de caçoar os derrotados já era um prêmio impossível de estipular preço.

Todos jogavam, bebiam e somente três fumavam cigarro de palha, vagarosamente uma multidão ia se formando em volta deles. Marcondes começava a falar mais do que prestar atenção no jogo — eis a razão pela qual os demais reivindicavam o direito de não ser seu parceiro, pois Marcondes quase sempre perdia em função de se empolgar e falar sem dar a devida importância e atenção aos detalhes do jogo.

Quando alguém lhe fazia alguma pergunta, aí sim, já era mesmo a hora do jogo acabar, alguém trazer mais cadeiras, palha, fumo e mais vinho que dali em diante seria só história. A esta altura, muitos jovens, alguns senhores e várias jovens acompanhadas, outras não, estavam ali à espera de alguém citar algum assunto que chamasse a atenção de Marcondes; todos queriam de perto verificar o que ele teria em dizer a respeito, o jogo finaliza, Marcondes e o outro senhor extremamente irritado com ele eram zombados, Marcondes não se importava com isso nem um pouco — mas adorava caçoar dos perdedores quando raramente ganhava; na verdade, ele usava o jogo para atrair pessoas ao seu redor e falar sobre assuntos de que gostava.

— Podem rir, não ligo de maneira alguma o fato de vocês terem ganhado, não ligo mesmo, podem me chamar de pato à vontade — vocês roubaram que eu sei, seus traidores.

— Traição! — retrucou alguém. — Eis um assunto de que nunca ouvi o senhor dizer nada a respeito. Diz aí sr. Marcondes, o que pensas a respeito deste assunto tão comum nos dias de hoje?

O sorriso do velho entregava sua satisfação em se tornar o centro das atenções naquele momento. Também porque as gozações seriam cessadas.

— Primeiro — disse ele, — nunca deixe dúvidas sobre você à pessoa que ama. Segundo: ninguém cai de moto andando de bicicleta, então se você tem um parceiro ou parceira está sujeito a isto, sujeito a ser traído; na verdade, só se conhece a fragilidade ou fúria de um homem quando ele é traído por sua esposa. Realmente nos dias de hoje a traição é um fato muito comum; para ser sincero, sempre existiu entre os homens e casais, mas não era tão descarado ou comum quanto nos dias de hoje, mas a traição sempre existiu e sempre existirá.

— Principalmente por parte dos homens — disse uma jovem em contida indignação, todos voltaram seus olhares a ela. — Pois os homens — continuou ela —, não podem ver um rabo de saia que se rendem, são muito frágeis diante de uma mulher; mesmo que amem suas esposas, se expõem e se aventuram nem que seja por uma única vez, não resistem, parece que faz parte do orgulho do homem trair — agora, nós mulheres não, quando se sabe que uma mulher traiu o marido é porque falta algo em seu relacionamento, a falta de atenção, carinho e diálogos levam a mulher a se envolver com alguém fora do casamento, mas os homens, estes não, querem é sexo, querem novas aventuras mesmo que tudo esteja bem dentro de casa.

Todos ficaram boquiabertos com o comentário da jovem, muito embora esperando uma resposta de Marcondes, pois ali estava lançado o desafio — naquele momento, pela primeira vez em tantos anos, alguém se manifestou antes que ele: uma jovem, jovem zangada; sua ira revelava que já fora traída impiedosamente por alguém. Indiscutivelmente sabia-se que ninguém mais era digno de confiança para ela. Marcondes a olhava, seu olhar revelava pena, mas ele sabia que não podia poupá-la, teria que dizer algo que a fizesse seguir em frente, pois sabia que todos estão sujeitos a tal desgraça. Ele pigarreou, a jovem e os demais esperavam por uma resposta, queriam saber se ele concordava com tudo aquilo ou pensava o oposto — pigarreou novamente e quebrou o silêncio.

— Quanta ira, cuidado com o coração minha jovem — ela por sua vez permaneceu indiferente ao seu comentário, os demais lutavam por um espaço para melhor ouvi-lo. — O que você acaba de nos dizer ouço desde muito jovem, porém um dia descobri que tudo isso é uma tremenda mentira, sempre ouvi todos dizerem que os homens nunca resistem às tentações de uma mulher mesmo estando feliz com a esposa ou mesmo a amando muito; ouvi também todos me dizerem que as mulheres só traem por ausência de carinho, compreensão, falta de diálogos e indiferenças por parte de seus maridos, e que os homens, ao contrário, só querem mesmo é sexo, que os homens traem independente de qualquer coisa.

— Marcondes se levanta, sabe que é decisiva sua conclusão. — Mas já que as mulheres só traem buscando o que falta no casamento, por que será que eu nunca ouvi dizer que uma mulher traiu seu marido com outro homem buscando apenas carinho, compreensão, diálogos ou elogios? Se isso fosse verdade, se fosse verdade o que todos nos disseram até hoje sobre o motivo das mulheres traírem, por que então elas sempre se rendem a uma pica?

A jovem nada disse, os demais começaram a rir, refletiam porque nunca haviam pensado nisso antes. Marcondes se sentou novamente, como de costume um dos presentes lhe pede para falar sobre o assunto de que mais gostava.

— Sr. Marcondes, e as mulheres, fala para nós o que pensa a respeito delas no geral, por favor.

Ele abriu um largo sorriso, pois falar sobre este assunto lhe dava um prazer enorme; foi através deste assunto que ganhou o carinho e a atenção de todos. Marcondes com o sorriso estampado no rosto e todos em silêncio ouviram o que ele tinha a dizer a respeito das mulheres.

Naquele mesmo dia, Diôni passou na casa de seu avô antes de ir para a faculdade, se espantou em ouvi-lo dizer que havia dias que não via Giovana. "Como?" — pensou ele —, pois sempre que ela saía ou retornava de seu lar dizia que estava indo ver o seu pai. Diôni se perguntou por onde andaria sua mãe ou o que estaria omitindo. O jovem permaneceu sentado aguardando o seu avô mudar de roupa, tentando arrancar coragem do seu íntimo para revelar ao velho seu segredo, pois já não agüentava mais, tinha horror de pensar no que poderia o futuro estar lhe reservando, quem sabe aquele senhor dado como sábio não poderia lhe ajudar. Marcondes o observava através da porta entreaberta enquanto mudava de roupa, os suspiros e a inquietude do jovem enchiam a cabeça daquele senhor de interrogações; a princípio pensou na possibilidade do jovem estar envolvido com drogas, mas logo descartou esta possibilidade por saber que Diôni era esperto o suficiente para não matar a si próprio; embora Marcondes não tivesse controle sob sua língua, não tinha coragem nenhuma de perguntar ao jovem devaneador o que tanto lhe afligia.

"Por que o silêncio, se algumas palavras podem resolver grandes problemas? O homem não deve viver submerso em seus terrores, as soluções sempre estão em algum lugar — não precisamos saber de tudo se sabemos quem sabe ou onde procurar uma ajuda, uma resposta. Não existem perguntas sem respostas — jamais o homem deve se envergonhar em dizer 'não sei', o homem deve saber que é nobre ser verdadeiro em todas as circunstâncias, a mentira foi feita para os fracos e é a arma mais usada pelos covardes."

Marcondes deparou-se com estes pensamentos enquanto observava seu neto exalando suspiros e estalando os dedos das mãos sem parar. O velho se aproximou de Diôni sem o jovem perceber.

— O que está acontecendo, Diôni?

O susto do rapaz foi tanto que ele deu um sobressalto.

— Me revela o que tanto lhe incomoda. Agora, por favor, sente-se.

— Revelar? Não há nada para revelar, de onde tirou esta idéia absurda? — disse Diôni corado e desconcertado, sentando-se novamente.

— Não tem, como não tem, rapaz? Idéia absurda! Absurdo é vê-lo deteriorando-se diante de um problema pelo qual não tenho a menor idéia do que seja, não tenho a menor idéia de como ajudá-lo; e esta, Diôni, é a oportunidade única que lhe dou para me dizer o que há, caso teime em dizer que não existe nada de errado não insistirei, a decisão é sua, mas saiba que nem amanhã ou em nenhum outro dia vou querer ouvi-lo novamente. Este momento é crucial, está em suas mãos, oportunidade única, quem sabe posso te ajudar, mas ajuda só se dá a quem precisa ou quer. Você quer ser ajudado, você precisa de ajuda? — Marcondes levantou-se, abaixou-se diante do jovem e o encarou bem nos olhos.

— Sim ou não, garoto? — levantou-se e ficou de costas esperando uma resposta.

Naquele instante estava lançada a sorte de Diôni, que não esperava por aquilo, e agora, o que fazer? Revelar ou não revelar seus sonhos anormais para seu avô? Seria ridículo dizer aquilo, de que maneira Marcondes poderia lhe ajudar? Falando sobre mulheres, morte, traição ou inusitados assuntos? E se seu avô lhe dissesse que era uma atitude idiota esperar por aquela jovem? Que ele estava sendo um idiota em estar apaixonado por alguém que nem sabia da existência? E se a amizade, respeito e carinho que tinha por aquele senhor acabassem naquele exato instante, caso ele o ridicularizasse com sua resposta? O que faria sem o seu avô que, na verdade, sempre esteve no duplo papel de pai e avô? Mas, por outro lado, e se o velho pudesse lhe ajudar? Marcondes era velho e experiente, então poderia ter conhecido alguém com um problema igual ao seu e a solução poderia estar ao alcance de suas mãos. — Marcondes conhecia magias que poderiam encontrar quem quer que fosse, embora não as praticasse mais, talvez abrisse uma exceção para resolver os devaneios de um ente tão querido... Dúvidas e mais dúvidas pairavam sobre a cabeça do rapaz.

Marcondes voltou-se e o olhou, seus olhares se cruzaram, o jovem se encolheu, Marcondes, sério, gesticulou reivindicando uma resposta que não vinha, Diôni abaixou a cabeça, em instantes a levantou e novamente seu olhar cruzou com o olhar de seu avô, que o encarava feito estátua. Diôni levantou-se, baixou a cabeça, Marcondes se lançou na sua frente, os dois ali parados frente a frente — bastava apenas um "sim" ou um "não" para finalizar aquela situação de cobrança implacável, de marcação cerrada. Diôni não tinha para onde ir; Marcondes permanecia indiferente, apenas esperando uma resposta — um "sim" e ele veria seu neto como um homem de verdade que não mente, um "não" e seu neto, daquele momento em diante, estaria ao lado dos covardes; para Marcondes o "sim" era sinônimo de verdade, o "não", antônimo de verdade. Diôni fechou os olhos para responder, estava sem saída, naquele momento resolveria o combate que os dois travaram.

Todos saíram do trabalho cansados e ansiosos para beber, relaxar, jogar conversa fora e depois chegar em casa para descansar. Mário também saiu do seu trabalho com um de seus comparsas, durante aquele dia desviou certa quantia em dinheiro que deveria ser apenas de Marcondes. Voltar para casa? Nem pensar. "Amo o pecado, amo prostitutas e gosto muito de beber e viver em boa vida."

Naquele início de noite, Mário e três amigos vão a uma boate vinte e quatro horas; ele é freguês velho da casa, todos e todas o chamam pelo nome, cada nova garota que chega naquela casa é ele quem fode primeiro, faz questão disso — todas foram assim, o gerente da casa é superamigo dele, ou do dinheiro dele; dele não, de Marcondes.

— Tudo o que eles quiserem é por minha conta, eu pago — a moça do balcão gesticula que sim e Mário debruça sobre o balcão para apreciar as nádegas dela, dá um tapa e ela sorri. "Gostosa, quero você amanhã!" Diz ele, por fim. Mário afrouxa a gravata e sai dançando pela pista com um copo de uísque na mão, abraça uma, beija na boca outra, segura duas pelas mãos e pede para que elas dêem uma voltinha, elas dão, ele se ajoelha como diante de Deus, vai passando a mão nelas por onde tem direito, retira do bolso duas notas sem conferir o valor e põe entre os seios das jovens, mais à frente uma vem dançando sensualmente ao seu encontro, ele sorrindo vai ao encontro dela, quando se deparam, ela passa a mão no pau dele e ele fecha os olhos devido à sensação maravilhosa, retira do bolso o isqueiro e gentilmente acende o cigarro daquela dançarina seminua. "Vou trepar com você só depois de amanhã, pois hoje quero outra e amanhã vou traçar aquela balconista gostosa."

Ali estava Mário: o comedor.

E ali Mário permaneceu, já tarde da noite estava completamente bêbado, não sabia o que dizia ou o que fazia, seus colegas saíram cada um com uma garota à sua custa — ou melhor, à custa de Marcondes —, porque na boate não era permitido ter relações sexuais. Mário dançava sozinho, dançava com uma ou outra garota, beijava todas elas, sem exceção, na boca, tinha pontadas de ciúmes quando um ou outro freqüentador se aproximava de qualquer uma que fosse — no seu egoísmo queria todas para ele —, se afastava quando era advertido por um dos enormes seguranças. Já alta madrugada, com a camisa fora da calça e abotoada erroneamente, ele pegou duas jovens e foi para um hotel, antes pagou uma quantia razoável pelo que ele e seus colegas beberam e pelo que comeram — ou pelo que ainda estavam por comer.

Ali estava Mário: o espertalhão — morria sempre com R$ 300,00 por cada conquista.

Diôni pára seu carro em frente de uma casa que nunca havia visto, era uma noite muito estrelada, uma jovem vem feliz e sorridente ao seu encontro, Diôni sai do carro para recebê-la, percebe, mas finge não notar a presença de uma mulher que discretamente os observa da janela. A garota pára em sua frente e o seu perfume suave desperta seus pensamentos mais sacanas, os dois então se beijam. Ele segura as mãos da jovem e a leva em direção ao carro, ele abre a porta para ela, a mulher da janela percebe que sua filha está na companhia de um homem gentil, ou talvez na companhia de um homem com gestos gentis. A guria baixa o vidro do carro e acena um tchau para sua mãe. Diôni liga o motor do carro e sai devagarzinho, aproveitando cada minuto daquela companhia agradável, aproveitando cada segundo a companhia da sua doce paixão, tudo parecia ser apenas...

Um sonho — "Não, de novo não, não Deus, não faça isso comigo" — balbuciava com um tom ingênuo de súplica na voz. O jovem acordou desesperado, uma expressão de choque no rosto, tentava acender a luz em vão, estava cego, não conseguia apalpar nada, não conseguia se mover, seu lençol estava encharcado de suor. Diôni não conseguia ver ao certo que horas eram, estava imóvel na cama, parecendo um homem acorrentado — lutava em vão buscando seus movimentos, seus músculos não o obedeciam;

procurava pela jovem. "Onde está você se é que existe?" — foi a única frase audível que conseguiu pronunciar através de seus esforços, devagar sua visão foi detectando cada móvel do cômodo, seus olhos lhe traziam as imagens dos pôsteres das bandas de rock na parede, conseguiu enfim ver as horas no relógio — mas a jovem, não, essa ele não conseguia ver em parte alguma, a não ser nos seus sonhos.

Passados alguns minutos, o jovem conseguiu se levantar; foi até o banheiro e lavou o rosto inúmeras vezes, se olhava no espelho, dizendo: "Você é louco cara, afinal o que somos nós, hein?" — se aproximou da sua imagem — "E você, o que há de errado cara, que bicho 'tá' pegando? Fala caralho!" — insano, socou a pia. Pegou uma toalha e enxugou o rosto ainda com a mão dolorida, abriu a cortina e arrastou duas cadeiras, se acomodou de pernas esticadas e acendeu um cigarro — só um vasto silêncio, um silêncio tão intenso que ele próprio ouvia seu cigarro queimar a cada tragada, a brasa do cigarro e o relógio eram os únicos pontos de luz daquele lugar. Diôni esmagou o cigarro antes de terminá-lo, foi até a geladeira do quarto, abriu um refrigerante e acendeu outro cigarro se acomodando na cadeira, desta vez afastando a outra com um golpe brutal de seus pés.

Tão confuso estava que não se lembrava da conversa que havia tido com seu avô no anoitecer anterior — ficou feliz quando relembrou, Diôni começou a sorrir — algo não muito comum para ele. "Mas é claro — resmungou — isso está próximo do fim, meu avô foi a luz, ele foi o sinal de que eu precisava; então, Diôni, fique calmo, calminho, calminho que tudo isso vai passar." Não era loucura, mas Diôni estava sim falando alto e para si mesmo, foi só relembrar a resposta que dera a Marcondes na noite anterior e a conversa que tiveram — o jovem despertou uma dose de esperança em relação à sua tragédia. "Lembre-se: Cada um tem suas crenças e todos sabem até quando devem ir suas esperanças." Foi com esta frase que Marcondes já calmo finalizou aquela conversa — porque antes sua reação havia despertado medo em Diôni, nunca em sua vida tivera visto seu avô agir daquela maneira, sem dar uma segunda chance — "ou vai ou racha".

"É a oportunidade única que lhe dou para me dizer o que há, caso teime em dizer que não existe nada de errado não insistirei, a decisão é sua, mas saiba que nem amanhã ou em nenhum outro dia estarei disposto a ouvi-lo novamente. Este momento é crucial, está em suas mãos, oportunidade única, quem sabe posso ajudá-lo, mas ajuda só se dá a quem precisa ou quer. Você quer ser ajudado, você precisa de ajuda?"

Capítulo IV

"Sim ou não garoto?"

Diôni se lembrava de toda a pressão exercida por Marcondes, lembrou-se também da resposta que dera.

— Sim — um sim praticamente inaudível.

— Não ouvi, garoto. Repita, por favor — Marcondes disse, impaciente.

— Sim, eu tenho algo para lhe dizer que me incomoda; tenho, SIM.

Marcondes estava completamente satisfeito com a atitude de seu neto, "sim", seu neto era motivo de orgulho, estava do lado dos fortes, do lado daqueles que não mentem.

Muito paciente, colocou a mão sobre os ombros de Diôni, o encarou, disse-lhe que estava orgulhoso; deu-lhe um rápido abraço.

— Vamos nos sentar, conte-me o que tanto lhe aflige, na verdade aflige até a mim.

Diôni não sabia por onde começar, suspirava, ainda tinha algumas dúvidas quanto à sua decisão — lembrou-se que disse "sim", ou seja, não poderia mais voltar atrás, agora a sorte estava lançada, o que Marcondes diria a respeito de seus sonhos seria uma outra história.

— Vamos rapaz, não há motivos para omitir nada, conte-me somente a verdade, conte-me seus sonhos — ou pesadelos. — O velho sorriu.

Choque, choque total no jovem; Diôni ficou praticamente incrédulo, seus olhos arregalados contemplavam seu avô, que estava indiferente na poltrona, com as pernas cruzadas, bem à vontade.

— Vamos lá? — concluiu Marcondes.

O jovem se recuperou do nocaute, agora era tudo ou nada, não teria forças para o outro *round*; espantado com sua própria coragem, Diôni mandou sem tirar os olhos de Marcondes — temia imaginar o que o velho diria sobre aquele assunto que estava prestes a ouvir.

— É o seguinte: anos atrás vi uma foto, pra ser sincero não sei ao certo se a vi mesmo — Diôni estava embaraçado, Marcondes lhe pede calma, pede para o neto respirar fundo, ele obedece, pede desculpa e retoma:

— A verdade é que, há anos, tenho os mesmos sonhos. O pior é que esses sonhos são sempre com a mesma pessoa, uma garota; e eu sou completamente apaixonado por ela... Não sei mais o que fazer...

Diôni, indefeso, assombrado com a própria coragem, contou sobre seus sonhos em tom melancólico do início ao fim para Marcondes, sentia o fardo sair de suas costas à medida que revelava cada detalhe; a princípio sentiu-se constrangido, mas ao ver seu avô atencioso a cada gesto e palavra sua percebeu que não havia motivos para constrangimentos. Exalava como nunca seus suspiros — o silêncio e o olhar observador de Marcondes às vezes deixavam Diôni confuso. "O que será que está passando na cabeça dele? — 'foda-se', agora vou até o fim, independente do que ele tenha a me dizer depois." — Esses vagos pensamentos percorriam a mente do jovem enquanto jorravam palavras de sua boca, fazia questão de detalhar sobre sua velha busca ao senhor que, no entanto, já estava munido ao que teria a dizer sobre tudo aquilo que ouvia de seu neto.

Diôni finalizou aquilo que Marcondes tanto queria saber, agora o silêncio pairava no ar — em respeito, Marcondes permaneceu em silêncio — minutos após o término das revelações de Diôni, o velho permanecia imóvel. Diôni expressava interrogação através do olhar, Marcondes não mais o encarava como antes, levantou-se e pegou algo para beber, "um uísque"; sem que Diôni pedisse, recebeu uma dose que foi colocada na mesa de centro. "Beba" — foi a única palavra que Marcondes disse antes de secar seu copo em um só trago; depois voltou para enchê-lo novamente, perguntando a Diôni por que não havia nem tocado no seu copo — o jovem nada respondeu, apenas deu um discreto trago enquanto observava seu avô secando a segunda dose e sentando-se ao seu lado novamente. Os olhares se cruzaram várias vezes, mas ninguém dizia uma só palavra, mas passado algum tempo Marcondes pigarreou e disse:

— É inacreditável o que acabo de ouvir, jamais poderia imaginar que você estava sufocado devido a um sonho, um sonho ligado a uma pessoa, os sonhos podem nos tirar o sono Diôni, mas por outro lado podem também nos dar força ou razão para viver; mas este seu sonho é de uma maneira que jamais, jamais mesmo eu poderia imaginar que alguém teria coragem de se submeter a uma busca que, confesso, é muito inusitada.

Diôni gelou, tinha uma enorme vontade de fechar os ouvidos, tinha vontade de mandar seu avô calar a boca, pensava em sair dali correndo sem nunca mais voltar, ligaria apenas pedindo que Marcondes não compartilhasse seu segredo com mais ninguém, diria que estava arrependido de ter dito aquilo, ou melhor, que tudo aquilo era fruto de sua imaginação: "Inventei isso porque estava me pressionando. Toda essa pressão foi a causa de eu inventar esta história, está satisfeito agora, está? Menti e esta história lhe deixou 'cabreiro', não foi? — era o resultado que eu queria obter". Diôni estava enganado, o que estava prestes a ouvir era como um soco em seu estômago.

Marcondes passava a língua sobre os lábios, estava hipnotizado, a boca entreaberta e os olhos brilhando, sua figura traduzia, contudo, certa satisfação.

— Que coisa — murmurou.

Diôni o olhou e voltou seu olhar para baixo. "Que coisa", estas palavras poderiam ter inúmeros significados para ele naquele instante.

— Mas que coisa mesmo.

Marcondes se aproximou do jovem, Diôni o encarou esperando curioso o que teria a ouvir de seu avô.

— Nunca poderia imaginar que você fosse vítima de um pesadelo pelo qual também passei.

Diôni franze a testa e arregala os olhos com o que acabara de ouvir, sua boca estava seca, em um só trago matou a dose que estava sobre a mesa de centro, não evitaria tirar partido daquela situação: "Como assim, você sonhava com alguém e já fora apaixonado por ela?". "Quem era essa pessoa, teria sido minha falecida avó?" "Se já és tão velho e feliz é porque conseguiu encontrar a pessoa que tanto gostava?" "Qual foi sua reação, e a dela, quando se encontraram? Por quanto tempo sofreu em silêncio, dividiu com alguém sua história?" Um medo o apossou entre tantas questões: "Ou será que você nunca a encontrou e convive com essa amargura até os dias de hoje?" "Será que até mesmo você levou uma vida de farsa, até mesmo você viveu longe da realização de seus sonhos?" "Que absurdo! Por que então sempre critica aqueles que nada fazem para buscar? Segundo suas palavras: 'O que há de mais nobre na vida de um homem: *seus sonhos*', você não tem o direito de dizer isto, não acha?".

E, como se Marcondes estivesse lendo os pensamentos de Diôni, começou a falar sobre os sonhos que tivera na juventude; disse não necessariamente na ordem de cada pergunta que vagou sobre os pensamentos do rapaz.

— Também sonhei com uma jovem, e com o tempo me apaixonei perdidamente por ela. Nunca entendi a razão, jamais vi nenhuma foto ou nada que estivesse vinculado àquela figura tão linda, a beleza de uma mulher leva um homem à piração. Mas esta jovem não foi sua avó, não tive o privilégio de me casar com a pessoa que mais amei, ou a pessoa certa, se é que existe; disseram-me certa vez que a pessoa certa só aparece depois que nos casamos, confesso que não sei ao certo até onde isso é verdade.

"Deixe de rodeios e vá direto ao assunto, pelo amor de DEUS" — Diôni pensava sufocado.

— Mas sem nenhum rodeio vou lhe contar como tudo aconteceu. Não foi sua avó esta jovem, embora eu tenha encontrado algumas vezes aquela garota, se mesmo assim sou feliz é porque o mínimo que um homem tem de dar para si é a felicidade, mas ser feliz não quer dizer que não falta nada na vida de alguém, ou seja, o ser humano nunca atingirá cem por cento de tudo o que almeja. Mas assim é melhor, pois o homem que se julga realizado em todos os aspectos de sua vida, o homem que diz que não lhe falta mais nada, este sim é o homem digno de deixar este mundo, se já és realizado, sonhe e reze ao menos por um mundo melhor, e isto será uma significante contribuição.

"Você prometeu que seria sem rodeios."

— Vou tentar cumprir minha promessa e excluir os rodeios em minhas falas. Tudo começou quando eu tinha vinte e poucos anos; a princípio achava tudo muito divertido, confesso que um pouco estranho também, mas às vezes a gente não dá a devida importância que certas coisas têm, depois é sofrer as conseqüências, não demorou para que eu me agarrasse à imagem daquela mulher.

"Tudo muito familiar para mim" —, pensou Diôni com um nascente sorriso em seus lábios.

— Lhe é familiar, não é?

Diôni assentiu. Marcondes, então, continuou:

— Quatro anos se passaram, e devo admitir que não sei como sobrevivi. Já me encontrava desesperado, quase dando tudo por perdido, erro que poderia ter sido fatal. O cenário de meus sonhos eram desconhecidos, era em uma cidade grande, mas em meus sonhos as imagens não eram tão nítidas, não dava para associar a nenhum cartão postal, a nada familiar; era um lugar irreconhecível, naquela época eu morava em uma cidadezinha não muito longe daqui, quando comecei a freqüentar a universidade, dar voltas com meus amigos aqui, aquele que era um cenário nebuloso se tornou real, as ruas, os jardins, as avenidas e principalmente a catedral que até então eu não conhecia eram de fato as imagens pouco nítidas de meus sonhos. Aqui, nesta cidade, eu a quilômetros de casa, vinha e voltava todos os dias para minha cidadezinha, me deparava com lugares e situações diversas, mas com minha paixão... Não. Ao final de meu curso aluguei um pequeno apartamento, deixei meus negócios lá na minha cidadezinha e vim para cá por dois meses; tudo para buscar algo que era a essência de minha existência, sabia que minha paixão estaria aqui, a questão era: onde?

Diôni ouvia atentamente o discurso de seu avô, Marcondes respirava fundo — prosseguiu:

— Em um belo dia, eu estava entre uma multidão, admirando a catedral da cidade. Olhava para o céu, sentia os raios do sol baterem em meu rosto, via os reflexos fortes da luz solar refletida na água do lago.

Para desespero de Diôni, Marcondes se levantou para pegar outra dose, e de lá do bar, enquanto enchia o copo, continuou:

— Decidi voltar para casa com minha habitual companheira ao lado: "a solidão". Antes de eu chegar ao carro, olhei para um ônibus que passava bem devagar e em seguida parou: sinal vermelho. Ao que vi, meu coração parecia querer saltar pela boca: lá se encontrava a mulher com quem há anos eu sonhava! Permaneci imóvel e boquiaberto por segundos, esfreguei os olhos, achando que fosse uma miragem, era inacreditável o que via, desviei o olhar receoso, quando tornei a fixar meus olhos nela tive a certeza de que realmente não era nenhuma ilusão, pois ela estava no ônibus. Eu, ao lado, paralisado, não tinha forças suficientes para ir ao seu encontro, pessoas e mais pessoas passavam entre nós, ela me olhou com admiração e sorriu, era uma mulher linda, a mulher mais linda que já vi em toda minha vida. Tempo esgotado; sinal verde, o ônibus sai levando-a consigo, me esforcei para vê-la novamente, mas foi em vão. Rapidamente entrei no carro, iria seguir aquele ônibus até onde ele fosse, sabia que em algum lugar ela haveria de descer, liguei o motor — levei um susto quando um garoto bateu forte no vidro do passageiro; me irritei, desci o vidro, ele apenas me avisou que um dos pneus traseiros estava furado, agradeci a gentileza do garoto, desci, confirmei o que ele havia me dito e fiquei observando o ônibus sumir de vista.

Marcondes, sentado ao lado de Diôni, contou toda a sua história. Disse que, depois daquele dia, floresceu a esperança em sua vida, tudo mudou, sua forma de viver e conviver com os demais; contou também que todos os dias ele ficava no mesmo local onde havia visto aquela garota, era rotineira sua espera, dias e dias se passaram e nem sinal dela, ele vagava por toda cidade sem nenhum sucesso — começou a ficar aflito, pois antes não sabia se a pessoa com quem sonhava existia, e o fato de saber de sua existência poderia amenizar seu sofrimento, sim, de imediato amenizou, mas embora soubesse de sua existência sem nunca encontrá-la, seu sofrimento tornou-se praticamente igual, talvez até pior porque lhe ocorria a hipótese de ela estar nos braços de outro.

Certa noite, quando Marcondes vagava desesperançado pelas ruas da cidade, *lhe* veio o inesperado: uma súbita força *fez com que* olhasse para um bar muito movimentado. Ao olhar, seu coração novamente quase saltou pela boca: lá estava ela, sorridente com um copo à sua frente, Marcondes não conseguiu distinguir que bebida era, mas aquilo não importava, não estava sozinha, não, não era nenhum homem, eram duas outras garotas, bonitas, mas perto dela a beleza das garotas não transparecia, ele parou seu carro e ficou a observá-la. Em segundos uma fila de carros formou-se atrás dele, era uma rua estreita, ultrapassagem zero devido aos carros estacionados nas duas mãos, a rua tornou-se um pequeno corredor. Marcondes, hipnotizado pela donzela, não conseguia ao menos ouvir as buzinas que azucrinavam os ouvidos dos outros, buzinas que chamaram a atenção de todos os que estavam naquele bar, inclusive da jovem, que olhou direto para Marcondes; e o sorriso que lançou a ele revelou que o reconheceu, ele por sua vez partiu em disparada, seu desafio era encontrar um lugar para deixar o carro. No quarto quarteirão achou uma vaga que exigiu toda sua experiência para manobrar e estacionar seu carro naquele minúsculo espaço.

— Não conferi nem minha aparência, fui correndo, devorando cada centímetro que nos separava.

Diôni, superatento, ouvia, controlava até o som de sua respiração, ouviu seu avô dizendo que a passos rápidos ia ao encontro daquela mulher que tanto amava, ouviu e viu Marcondes desfazer o sorriso ao lembrar que, a pouco mais de um quarteirão de distância, uma inexplicável falta de energia deixou tudo escuro, um breu, seria um verdadeiro breu se não fossem alguns faróis de carros que contribuíam para a não total escuridão daquela noite sem lua. Ele viu ao longe as jovens se aproximarem de um carro, ele começou a correr para impedi-las, precisava conversar com aquela jovem, tinha que ser naquele momento: "Volta força, volta energia, volta luz, volta caralho" — ele se desesperava. Tudo em vão — caralho nenhum voltou; apenas foram, eram as moças que estavam prestes a partir. Marcondes se esqueceu de que, à medida em que corria, se tornava um suspeito. "Entra Vanessa, vamos logo sair daqui" — disse uma das jovens. Ele ouviu aquilo ofegante enquanto o carro partia em outra direção, levando consigo a jovem que há anos procurava. Tão perto chegara que não conseguia acreditar — ainda ofegante, deu um chute em uma lata de cerveja amassada que estava no chão; ao chute a energia voltou, ele atravessou a rua e desferiu mais duas bicas na pobre lata, seguiu em direção do seu carro, quase no meio do caminho voltou e foi bicando a lata até chegar ao seu carro.

— Minha rotina mudou a partir daquela noite, eu ficava durante o dia próximo à catedral observando os ônibus que ali passavam, às vezes pegava muitos deles indo até algum ponto próximo e voltando a pé; à noite eu ficava naquele bar, todas às noites eu ficava lá, todos já sabiam meu nome, mas ninguém sabia quem era Vanessa. "Deve ter vindo aqui só aquele dia" — era a única resposta que todos me davam.

Marcondes se levantou, foi beber mais uma dose — Diôni louco para saber o que aconteceu. Marcondes bebe, limpa a boca com o dorso da mão, volta, senta ao lado de Diôni que estava impaciente; Marcondes ri com a impaciência do neto, mas não o deixa sofrer: levanta-se novamente, Diôni não acredita no que vê — seu avô manda mais uma, limpa novamente os lábios com o dorso da mão, Diôni percebe os olhos do avô lacrimejados, Marcondes senta novamente, e com a voz embargada conta como foi o último e trágico encontro com Vanessa.

Contou que as semanas, terríveis e dolorosas, sucederam-se e transformaram-se em meses. Os sonhos eram constantes e a cidade parecia que crescia mais a cada dia; afinal, por onde andaria aquela jovem? Ele vasculhava por todos os lugares: bares, escolas, lojas e ruas em geral, mas nada via, nenhum sinal, nenhum rastro, nada.

Quando menos esperou, num dia em que permaneceu horas na catedral, observando todos os ônibus que ali passavam, viu a jovem do outro lado da avenida, desta vez sozinha, a pé, longe de pessoas, fora de um ônibus. Vanessa, esse era o nome dela, Marcondes lembrava bem, não havia como esquecer. Para seu espanto, ela acenou do outro lado da vasta avenida. Antes de corresponder ao aceno, Marcondes conferiu atrás dele várias vezes, ninguém se manifestava; então, ele acenou também, o fluxo de carros era enorme, ela tinha que esperar o sinal vermelho dar o aviso para que os carros parassem — o sinal verde se foi e o vermelho veio cheio de autoridade. Ela então lançou-se ao encontro de Marcondes, que permanecia imóvel.

De repente, uma buzina desesperada, uma freada brusca, gritos de horror, e por fim duas pancadas de um carro desgovernado, a primeira na jovem, a segunda em um poste — a jovem é atropelada, lançada ao longe. Marcondes a princípio não reage, fica incrédulo ao ver aquele corpo estendido, jorrando sangue sem parar. Seus olhos ficaram úmidos, ele não sabia o que fazer, ao seu redor pessoas com a mão sobre a boca tentavam ocultar a surpresa do acidente que acabaram de testemunhar, outros chegam atraídos pelo movimento.

Marcondes desesperado, as pessoas não se movem, apenas olham consternadas para ele e para a jovem, permanecendo, entretanto, paralisados. A jovem estava com o corpo voltado para o asfalto quente — apesar da velocidade e do choque, no carro ninguém se machucou. O motorista sai em desespero do carro, é consciente de sua culpa, o sinal estava vermelho, ele em alta velocidade, os presentes voltam a olhar para a jovem desacordada com olhares penalizados, voltam a olhar para ele com olhares acusadores e dotados de ódio — Marcondes não, seus olhos estavam voltados apenas para o seu amor à sua frente, imóvel, indefesa, provavelmente morta. Em seu íntimo restava uma esperança, aquela que é a última que morre em várias circunstâncias, mas a jovem se chamava Vanessa, e como muitas esperanças Vanessa morreu, ele se aproximou junto ao resgate que pedia insistentemente para que todos mantivessem distância, os curiosos não obedeciam.

O culpado abandona o carro e foge com as duas pessoas que o acompanham. Marcondes se posiciona em um ângulo que favorece a visibilidade para o rosto da vítima, mas nada vê; viram-na com todo o cuidado. Como ele gostaria de estar ali fazendo aquele trabalho, por mais cuidadosos que eram, os homens do resgate não conseguiam convencê-lo de que era o máximo que estavam fazendo. "Cuidado, cuidado com ela" — implorava ele. De repente, o susto: ninguém mais conseguia olhar, todos se afastavam, a cena era aterradora. Marcondes, com olhos fixos, olhava o seu grande amor sendo colocado em uma maca; ele a viu pela última vez com a face desfigurada, completamente dilacerada, sua vida naquele momento havia acabado, tanta espera, tantos sonhos, tantos planos que foram interrompidos por uma irresponsabilidade nunca digna de perdão. Em um recanto distante de sua mente, aquela cruel realidade era a continuação de seus sonhos, que haviam sido convertidos em uma horrenda desgraça. Naquele instante descobriu porque cada um tem suas crenças e que todos sabem até quando devem ir suas esperanças.

Capítulo V

Mário acorda atrasado para o trabalho, com duas jovens nuas ao seu lado; dá um sorriso ao vê-las, verifica a hora mas não se importa, afinal ele é autoridade suprema, ninguém ousaria pedir alguma explicação sobre o seu horário, mas até os mais arrogantes têm seus limites. Ele se levanta e toma um banho, sai do banheiro enrolado na toalha e grita com as meninas:

— Acordem suas vadias, já está tarde e vocês estão me atrasando.

Elas se olham e olham para Mário com desprezo, aquele comportamento não era mais nenhuma surpresa, vadias de manhã, lindas e deliciosas à noite, lindas e deliciosas com o nojento Mário dentro de seus corpos, vadias de manhã com a carteira cheia — desta forma, queriam ser sempre vadias. As garotas jogam uma água no rosto, se vestem e descem, na portaria do hotel pegam um táxi que Mário pagará depois, vai cada uma para sua casa — Mário permanece na cama completamente realizado, aquela era a vida com que sempre sonhou, a vida que nunca imaginou que teria. Seus antigos amigos ainda eram pobres empregados sujeitos às humilhações, medo de desemprego, medo de errarem no trabalho, sempre sujeitos a sorrisos forçados para o superior, sempre dando "bom dia" ao chefe sem serem correspondidos, quase sempre expostos ao humor daqueles que se acham melhores. Mário nunca mais os viu, não queria vê-los, "aqueles derrotados — vejam onde estou, não quero nenhum contato com vocês". Ele sorria ao relembrar que, quando jovem, dizia que tinha de tudo para ser rico. "Gosto de acordar tarde, de bebidas caras, gosto de prostitutas e de bons carros, só me resta conquistar uma coisa: dinheiro." Isto era difícil conseguir, pois assim como seus amigos, Mário era um assalariado, ganhava pouco, e este pouco era só o suficiente para não passar fome.

No fim do mês era uma briga com seus pais — Mário não queria dar dinheiro em casa, queria se vestir bem, mas não havia como, cedia e ficava mendigando qualquer quantia para tomar uma cerveja ou pagar a prestação de uma camiseta nova — mas desde aquela época era arrogante, morava numa casa simples e tinha vergonha de dizer onde morava, tinha vergonha do emprego e se esforçava ao máximo para se aproximar das pessoas que tinham melhores condições financeiras; nunca conseguiu, pois todos o achavam muito inconveniente. Quando se interessava por alguém tinha que ser uma jovem que procedia de uma família com bens; alguém igual a ele ou que não resolvesse suas ambições, tchau. Mário, quando saía, procurava ficar sozinho; ao seu redor, seus amigos ainda conseguiam ser pior que ele, isso evidentemente se tratando de condições financeiras. Mário gostava de festas onde não cobravam a entrada, ficava a noite inteira desfilando com a mesma cerveja e o mesmo copo — temia que alguém lhe pedisse um pouco, porque àquela altura a cerveja deveria estar parecida com um chá morno. Quando Mário conseguia entrar em um grupo de rapazes que tinha carro e que tomava cerveja à noite inteira, ficava ali com eles, embora todos o achassem inconveniente; mas todos estavam em comum acordo com uma coisa: Mário era bom de papo, era convincente, arrastava quem quisesse com sua conversa mole.

Ele se empolgava, achava que era o centro das atenções — dava um gole na cerveja que descia rasgando sua garganta; disfarçava, se alguém pedisse um pouco, ai ai ai... Estava fodido, conversa ia conversa vinha, ele com a rapidez de um leopardo trocava sua garrafa — um frio lhe percorria a espinha quando via seus amigos de trabalho se aproximando, sorrindo, acenando tentando chamar sua atenção, ele fingia não ver, virava as costas, começava a falar mais alto, virava um copo atrás do outro... alguém lhe diz que tem umas pessoas tentando falar com ele: "Não, comigo não, não os conheço". Todos sabiam que era mentira, os amigos de Mário desistiam e saíam constrangidos de garganta seca. "Vamos pedir a conta e dividir um pouco para cada um." Mário se espantava com a proposta, não tinha um centavo no bolso, fazia um catado e tanto em casa para poder tomar uma cervejinha — rachar a conta era de matar, eram incontáveis as garrafas daqueles beberrões.

"Onde mesmo estavam os rapazes que estavam me chamando? Lembrei agora — um deles me deve uma grana, me deixa ir lá receber que já venho pagar minha parte."

Mário sumia na multidão, passava por seus colegas que dividiam uma coca em três e avisava que estava indo embora — antes dava uma bicadinha na coca e o conteúdo caía em quase cinqüenta por cento.

Ele trabalhava, trabalhava muito, ralava como um cão e não via um centavo, o amigo Edgar compartilhava de todas aquelas dificuldades. Edgar começou a namorar uma jovem, saiu do emprego e foi trabalhar no comércio do pai da moça. Quando Mário a viu notou que a moça havia se engraçado com ele. Nem bola deu: "namora o Edgar e deve ser mais uma pobretona como nós; trabalhar em comércio, eu? Nem a pau, fico aqui... aqui sou menos exposto".

Inocente, Edgar começa a contar suas aventuras amorosas com a jovem a Mário, que nem liga, não se importa, quando encontra com a moça vê-se constrangido devido à maneira como ela o olha — ele pensa em contar para Edgar, mas não conta, faz de tudo para não encontrá-la nunca mais, com ou sem a presença de Edgar. Após alguns meses ele reencontra a jovem de mãos dadas com Edgar — a jovem desta vez se comporta bem, nem olha na cara de Mário, que fica aliviado. "Vamos com a gente, a Giovana está de carro."

"Carro! Ela tem carro?" — Mário, interesseiro, se pergunta; acaba aceitando a carona, e que carro vislumbra ele.

Ali estava Mário: o interesseiro.

Edgar e Giovana o deixam na entrada do bairro, Edgar sabe que se contasse a Giovana que Mário morava em frente de sua casa seria morto.

No outro dia, Mário acorda cedo, vê que Edgar está indo trabalhar de ônibus, porém bem vestido, ele de bicicleta, mal vestido e com um cheiro de suor danado. Ele toma o tempo de Edgar, que confere o relógio. O aborda: "Valeu pela carona de ontem, valeu por não dizer onde eu moro, valeu mesmo" —, "Tudo bem Mário, não esquenta não." "Onde você está trabalhando agora, qual é o nome do comércio do pai da sua namorada, do pai da Giovana?" — "É lá no centro, lá no Marcondes", responde Edgar, inocente das intenções do amigo... da onça. Mário não consegue acreditar no que acaba de ouvir: "Marcondes, o homem é rico feito a peste, sorte dos infernos hein, Edgar", pensa ele já planejando algo, lamentando não corresponder aos olhares de Giovana. Edgar percebe a estranheza do amigo da onça, e vai direto ao ponto de ônibus, pois já está atrasado.

Mário trabalha o dia inteiro planejando, pensamentos cruéis e maldosos na cabeça; "Giovana Marcondes com Edgar, quem diria! Ela me deu chance e eu nem me manifestei — que idiota eu sou."

Ali estava Mário: o realista.

Nos dias seguintes Edgar, sem sombra de dúvidas, passou a ser o maior e melhor amigo de Mário — não podia ver o casal junto e Mário se aproximava, encarava descaradamente Giovana; ela por sua vez começou a corresponder. Edgar tentava não acreditar no que estava vendo, Giovana lhe fazia juras de amor, e Mário, Mário era seu melhor amigo. "É tudo fantasia da minha cabeça". Mal sabia ele que, após poucas semanas, Mário e Giovana começariam a se encontrar — faziam sacanagens onde predominavam os suspiros e as risadinhas. "Quando você vai ser só minha? Quero você só pra mim, só pra mim, Edgar não te merece, ele quer apenas o seu dinheiro, é um interesseiro. Como alguém não se contentaria apenas com você, quem pensaria em dinheiro tendo uma pérola tão linda ao lado? Edgar é um filho-da-puta por isso, vamos Giovana, deixa ele e fica comigo, eu te amo tanto, a idéia de imaginar você com outro me irrita, quero você, seja pobre ou rica, seja onde for, numa mansão ou embaixo de uma ponte, eu te amo Giovana, amo a ponto de viver com você para o resto da vida seja onde for."

Giovana se emocionava ao ver Mário implorar tanto por seu amor, ele lhe dizia as palavras mais bonitas que uma mulher poderia ouvir, Edgar não tinha tanta intimidade com as palavras de amor quanto Mário.

Giovana saía com Edgar, Giovana saía com Mário, Giovana saía com Mário, deixou de sair com Edgar — ficou com Mário, mas às vezes, e às escondidas, com Edgar também. Ficou grávida, grávida de Diôni — por fim, ficou só com Mário, casou-se com ele, ganharam uma casa, Mário contente com a opulência do recinto; ele logo se situa, e a vida começa, vida inteiramente nova. Feliz, recebeu do sogro um cargo importante em seu comércio, fez cursos, aprendeu a lidar com dinheiro, dominou rapidamente tudo, trabalhava com diligência, manejava com perícia os negócios, despediu Edgar por intermédio de uma outra pessoa. Edgar já esperava; não abrigou, contudo, rancor no coração.

Mário era ambicioso, esforçado, ficava até tarde da noite no trabalho, queria saber sobre tudo, tudo nos mínimos detalhes, se espantava com os números exorbitantes que iam para a conta de Marcondes, estes números eram o principal incentivo para seus esforços; era assalariado, um salário alto em comparação ao que recebia na pequena fábrica, mas ele não estava satisfeito, queria o máximo. Estudou diversas maneiras de pôr a mão em uma parte daquele dinheiro, e assim como afastou Edgar de Giovana com suas promessas diabólicas, trouxe para si o dinheiro com que tanto sonhava. Não queria monitorar pessoas, queria cuidar do dinheiro de Marcondes, Marcondes não relutou em confiar em

Mário, o genro era digno de confiança — Marcondes sabia sobre os cansativos e deprimentes empregos que Mário tivera, sabia da lealdade dele e do amor que sentia por sua filha e por seu neto: "Mário é um exemplo de profissional, um exemplo de pai e de marido também". Mário ouvia atento com a boca entreaberta num meio sorriso. Marcondes equivocado em suas convicções.

Mário era muito convincente, implorava para Marcondes se afastar de seus negócios, era habilidoso com as palavras e com os negócios, Marcondes ouvia atentamente o relato das queixas. Mário provou tanta competência que um dia Marcondes decidiu deixar tudo em suas mãos, antes discursou:

— Hoje já não vejo impotência em seus olhos, cuidado, pois o desespero pode levar ao fracasso. Todo homem está errado quanto ao poder do dinheiro, muito dinheiro não faz o homem mais forte, às vezes o deixa vulnerável, entenda com cautela o poder do dinheiro e as garantias na vida que o acompanham, com dinheiro você fará as coisas porque pode, enquanto os outros porque precisam, mas tenha cuidado, muito cuidado porque dinheiro não é a única garantia real da vida, afaste-se daqueles que querem se aproximar pelo que você possui. Lembre-se: sua riqueza súbita chamará a atenção e nunca se esqueça de que a melhor forma de juntar dinheiro é não tê-lo em mãos.

Apertaram demoradamente as mãos — Mário meditava absorvendo cada palavra.

Ali estava Mário: *the king*.

Ele foi nomeado gerente geral da rede de atacados Marcondes, tanto a matriz quanto as filiais deviam satisfações a ele — no início foi amável com as pessoas, quando enfim percebeu que Marcondes confiava em todos os números e resultados que apresentava, todos reais porque ele não falseava resultados naquela época — Marcondes não saía mais de casa, ficava curtindo a vida a seu modo, bebendo vinho, uísque e contando histórias — Mário se transformou: despedia os funcionários por motivos absurdos, despedia as garotas que não se propunham a satisfazer aos seus desejos, era descarado, não se importava se fulana de tal era casada ou não, se ele se engraçasse a queria na cama, um "não" era sinônimo de rua. Recebeu até ameaças de morte de um marido enciumado — não ligou, deixou de lado a mulher e a promoveu, ela desconfiada aceitou a promoção, ele se tornou um cavalheiro, pedia desculpas por ter sido tão grosseiro, se aproximou do marido que acabou esquecendo do episódio.

Tornou-se amigo da família, tudo o que menos queria era que fizessem mau juízo dele. "Esqueça essa história, enterre o passado." falavam o casal, Mário a levava em suas viagens, ficavam em hotéis caros embora em quartos separados, a tratava bem, os assuntos eram voltados ao profissionalismo, Mário dizia que achava que já estava na hora de ela ter uma outra posição no emprego, era competente, já estava numa área de conforto, precisava de novos desafios, lhe deu uma outra promoção, ela comovida dizia não saber como agradecer. "Não me agradeça, você tem isso graças à sua competência."

Todos falavam que a mulher era um pedaço de mau caminho, Mário concordava, e como concordava; numa das viagens beberam muito, e além de assuntos profissionais discutiram também assuntos picantes. "Por favor, não me leve a mal, mas o negócio é bom né?" A mulher concordava. Bêbada, achava tudo muito engraçado, concordando com tudo. Mário se aproximava, passava a mão levemente em suas pernas, ela fingia não perceber. "Você, Mário, é um excelente amigo, conseguimos tantas coisas devido às oportunidades que me deu." Ele insistia em dizer que tudo o que tinha era devido à sua competência. "Oh! Mário, você é tão gentil." "Camarada, manda a saideira, por favor." "Você está louco, não agüento mais beber." "É a saideira, amanhã vamos trabalhar depois do almoço." "Então tá, você é quem manda."

Foram para o hotel, Mário se aproximou dela no elevador, já era alta madrugada, ela só ria, Mário encostava, ela ria e gostava daquilo, Mário encostava novamente, no andar de seu quarto a arrastou para dentro, beberam mais no quarto. "Nós somos loucos, sabia?" — dizia ela rindo. Mário sem camisa, encostado confortavelmente na cama — a puxou, sua mão era leve, gentil na maneira em que se deslocava, que a explorava, ficaram nus e treparam até ao amanhecer. Quando ela acordou começou a chorar, Mário a consolava, pedia desculpas. "A culpa não foi só sua, eu também queria." Depois daquela noite tiveram várias outras, e outras, e outras, Mário fazia promessas de amor, pedia para que ela deixasse o marido. "Não posso", dizia ela, "não posso deixá-lo sozinho". Mário reprovava aquela resposta. "Quero ficar com você", insistia ele; Mário a persuadiu, ela se separou do marido, após a separação semanas se passaram sem que Mário a visse ou a atendesse; ela queria contar a novidade, quando se encontraram; ela sorridente dizendo que estava com saudades, Mário sério nem a olhou no rosto; a demitiu.

Ali estava Mário: o cruel.

Diôni optou não mais se preocupar com sua busca, segundo ele tudo agora era uma questão de tempo. Entretanto meditava, fazia ressalvas quanto a esta certeza, na verdade as dúvidas volta e meia se revelavam com mais intensidade do que a certeza... Lembrou-se de seu avô certa vez dizer: "Afinal, quem vive na certeza? Como viver na certeza em um mundo onde só ocorrem fatos que nos causam dúvidas? Como confiar em alguém, as pessoas mudaram, os valores são outros, ninguém olha a ti avaliando sua alma, sua índole, querem saber sua procedência, se és rico, onde trabalha e sua formação, após saber isso, sim, aí sim saberão através da criteriosa avaliação se você é aceitável ou não em determinados meios, se merece atenção ou não; como é pobre essa gente, pobre de espírito, estes, os mais pobres de verdade, não existe pobreza maior que a pobreza de espírito. Certo filósofo disse que: 'No fim do jogo o rei e o peão vão para a mesma caixa' — Vivemos em um mundo subversivo, pessoas subversivas."

Diôni vivia seus dias com uma alegria desconfiada, a questão agora era ter perseverança, paciência, esta última estava no mais completo limite, já fora muito paciente, esperara demais, mas não fora perseverante o bastante, eis uma falha em sua busca, sem perseverança não se chega a nenhum objetivo. O jovem devaneador nunca havia desconfiado de que Marcondes estivesse vivido o que estava vivendo, seu avô muito discreto, exímio falante e observador, nunca deixara escapar nada a respeito de seu nobre segredo, que até então nunca havia revelado a ninguém, e se não fosse por Diôni seria uma história levada para o túmulo.

O jovem rapaz enxergava agora sua vida dotada de possibilidades, a possibilidade daquela jovem não existir passou a ser escassa, tinha quase certeza de que ela haveria de estar em algum lugar, próxima talvez, distante quem sabe, mas que ela existia, isso sim, era um fato, para ele sua existência era tão certa quanto o sol no céu. Relembrou novamente o que Marcondes disse: "Deus, o misterioso e onipotente Deus não o abandonaria jamais; aliás, ele nunca abandona, é por certo abandonado, esquecido quando o homem está bem, estando bem o homem agradece discretamente, às vezes até com certa preguiça de fazer um breve agradecimento, mas quando o homem se encontra na mais pura merda é o momento em que revela toda a sua fé, fica alerta para não cometer os mais simples erros, evita a todo custo não cometer pecados, desenvolve uma dócil maneira de falar, o homem procura ser justo, tem uma fé tão intensa que é capaz de mover montanhas, além das mais inacreditáveis promessas, mas faz isso, só estando na mais pura merda — há uma escassa possibilidade de isso não ser visto de forma generalizada".

Mário chega ao seu trabalho com cara de poucos amigos, ao passar por seus subordinados fala um inaudível bom dia; poucos respondem, ele se irrita. "Bom dia!" grita ele, todos desta vez respondem, ao chegar na sua mesa ele chama um jovem que se arrepia com o chamado.

— Pois não, senhor.

— Por que houve erro no número de alguns itens alimentícios ao realizar o balanço?

— Porque alguns estavam vencidos e foram retirados da gôndola antes do balanço.

— Venceram por quê?

— Vou lhe dizer o porquê; o repositor, à medida que chegavam novas mercadorias não colocava primeiro as que já estavam nas prateleiras à disposição dos clientes, e em conseqüência disso as mercadorias que chegavam por último foram vendidas primeiro, devido à maneira como estavam dispostas. O processo de reposição não deveria ser assim, mas como o funcionário responsável por isso tem pouco tempo de casa, e quem o treinou esqueceu de orientá-lo a respeito deste detalhe, tal erro foi cometido durante vários meses.

— "Esquecer" é um verbo que muito me irrita — Mário deu uma pausa, e friamente concluiu: — Mande os dois para o olho da rua.

— Mas senhor, foram apenas quatro ou cinco peças de três itens.

— Cale-se, rapaz! — disse Mário se levantando, mirando o nariz do jovem com o indicador. Fazendo este gesto finalizou: — Os dois para o olho da rua no final do expediente, promova alguém para estes cargos e contrate dois novos funcionários, e digam a estes no ato da contratação para não conjugarem o verbo esquecer em primeira pessoa jamais dentro deste recinto.

Ali estava Mário: o ditador.

— Sim senhor — respondeu o jovem amargamente ao se retirar.

Capítulo VI

— Antes de ter o meu próprio negócio — respondeu Marcondes ao ser perguntado sobre sua vida profissional —, eu trabalhei como "bóia fria", comecei com doze anos a freqüentar a roça com meu pai e minha mãe quando morávamos em uma cidadezinha próxima daqui. Em minha opinião, ser "bóia fria" é o ato mais contraditório sobre a frase "o trabalho dignifica o homem". Seja do ponto de vista mental ou moral esta profissão prejudica o homem — é uma profissão amarga, mal remunerada, trabalho pesado de sol a sol, ninguém te respeita e a gente só trabalha para comer, sem contar no meio de transporte perigoso, várias pessoas amontoadas em caminhões, ônibus ou outros meios de transporte inseguros e desconfortáveis; o governo devia dar muito mais atenção a estes trabalhadores; estas pessoas deixam suas casas em plena madrugada buscando o pão de cada dia, os pais deixam suas crianças em casa, os mais novos sob os cuidados dos mais velhos, dependendo da situação, pai, mãe e filhos ainda pequenos madrugam para encarar tal dura jornada. A vida do "bóia fria" é tão dura que até para comer é foda; às vezes não há uma única árvore no meio da roça que faça uma sombra para que você coma sem que o sol frite seus miolos, sem deixar de mencionar que muitas vezes não há o que comer, não o merecido pelo menos. Quantas vezes deparei com minha marmita apenas com arroz, feijão e um ovo frito; arroz, feijão e três fatias de lingüiça da pior qualidade; às vezes arroz e feijão apenas, e muitas vezes apenas o arroz — e sempre aquela comida fria, no verão era assim, imaginem vocês no inverno a temperatura da nossa "bóia fria". O "bóia fria" é, sobretudo, um grande herói que vive em busca dos pequenos sonhos, quase sempre sonhos que estão tão longe da sua realidade. Mas buscam.

Marcondes deu uma pausa, todos estavam em silêncio ouvindo-o contar sobre sua vida, sua dura vida de muitos anos atrás.

— Certa vez, na cidadezinha onde morávamos, ficamos sem nenhum serviço a fazer, ou seja: sem nada a ganhar e muito menos o que comer, a conta de meu pai crescia a cada dia no único supermercado da cidade, até que um dia houve uma proposta de serviço para muitas famílias, fomos todos trabalhar na colheita de algodão a 130 km da nossa cidade, fomos trabalhar em outro estado, neste período tínhamos que acordar às quatro horas da manhã, o caminhão nos pegava na esquina da nossa casa as quatro e vinte, no percurso nos amontoávamos todos para não morrer de frio, o caminhão na rodovia cheio de gente: gente humilde, gente sofrida, pessoas que já não sonhavam — lhe restavam sonhar apenas com o sucesso de seus filhos, mesmo cientes da possibilidade remota. Tanto meu pai quanto muitos que estavam ali estavam contentes, por certo, era trabalho, estava naquele serviço a nova chance de pagar as contas, poderiam pôr o que comer em suas casas durante uma semana novamente, eu colhia muito algodão embora tivesse apenas quatorze anos, colhia mais que meu pai, suas costas já não ajudavam tanto, eu colhia por volta de dez arrobas ao dia, cada arroba corresponde a 15 quilos, era um fera no meio de tanta "aranha". "Aranha" é o apelido dado para quem colhe pouco algodão durante o dia. Naqueles dias eu chegava em casa quase sete da noite, tomava um banho correndo e ia para a escola, de volta eu caía na cama com tanto sono que às vezes nem a roupa da escola tirava, o outro dia começava novamente às quatro da manhã, acabando por volta das onze e meia da noite.

Marcondes respira, agradece seu amigo que encheu seu copo de vinho, observa atento os jovens ao seu redor e continua:

— Eu fui "bóia fria" sim, até com certo orgulho de ter conhecido este lado tão sofrido da vida que poucos fazem idéia do que seja. Mas neste período não trabalhei só nas lavouras de algodão não, trabalhei capinando soja, capinando milho, trabalhei nas colheitas de café e colorau, como machuca as mãos a colheita de colorau; já enfrentei muita coisa nessa vida, baseado no que acabo de lhes dizer, posso garantir a todos aqui que o "bóia fria" sofre, e como sofre, posso afirmar que nada pode ser mais horrível para um pai de família do que trabalhar apenas para comer, trabalhar a vida inteira e não conseguir dar uma só lembrança para seus filhos no aniversário ou no dia das crianças. Eu nunca ganhei nada de meus pais no dia das crianças e a única festa de aniversário que tive foi ao completar quatorze anos, foi uma festa conjunta, foi comemorado o meu aniversário e o de meu irmão, pois eu nasci no dia nove e meu irmão no dia quatorze do mesmo mês.

Todos ouviam atentamente o que Marcondes estava dizendo, inclusive Diôni, que perguntou:

— Qual é o nome da "cidadezinha" onde o senhor morava, e como conseguiu tudo o que tem?

— A cidadezinha é chamada de Cruzeiro do Sul e fica a 72 quilômetros daqui de Maringá; quanto à outra pergunta — Marcondes pigarreia, olha para os lados e prossegue:

— Eu nunca quis ser o que meu pai foi, um sofredor, um "bóia fria" conformado e quase analfabeto, eu sempre tive o dom para negócios e uma ambição controlada por meus limites, gostava de fazer trocas, arrumar trocas, vender terrenos e carros dos outros, sempre ganhava uma pequena porcentagem em cada negócio fechado. Chegou o dia em que deixei de trabalhar na roça com meu pai, eu estava com vinte e poucos anos, ele nada falou; procurei me dedicar somente aos meus negócios, com o tempo me tornei referência na região, fazia faculdade à noite, longe de casa; todos que queriam comprar ou vender algo vinham ao meu encontro, em noventa por cento das situações eu conseguia fechar negócio, eu achava as pessoas certas, conseguia abaixar até mesmo o preço daqueles que exageravam: "Esqueça, seu carro não vale isso"; "Me desculpe, mas aquele seu sítio, com o preço que está pedindo... irá morrer com ele"; eu dizia essas coisas na maior naturalidade, ninguém falava nada, ninguém contestava, e aqueles que insistiam em fazer o preço maior do que valia não faziam negócio nunca.

Consegui tanta confiança que, antes de comprar, as pessoas vinham me perguntar: "Quanto você acha que vale o carro de fulano?"; "Se eu pegar o carro de fulano em troca do meu e ele me voltar tanto, você acha que é justo?"; "Você concorda comigo que o alqueire do sítio do beltrano está muito caro?" E por aí iam meus negócios, eu tinha um carisma extraordinário com as pessoas daquela cidadezinha. Com quase trinta anos eu já havia concluído minha faculdade, estudei aqui em Maringá, "Sonhava muito também" — pensou Marcondes — vinha e voltava todo santo dia, antes de concluir o curso morei aqui por dois meses; em Cruzeiro do Sul resolvi abrir um mercado, um mercado modesto, porém autêntico, o que deixou o meu único concorrente e amigo furioso, pois, devido a ser o único comércio dali, ele abusava do preço das mercadorias. Todo negócio exige concorrência para sobreviver; a partir de então toda a clientela da cidade veio comprar no meu supermercado, a cada potencial comprador eu descrevia rapidamente as vantagens da mercadoria — a partir de então, aquela família que passava as maiores dificuldades, agora tinha um supermercado, morava em um prédio pequeno, o único da cidadezinha, residência e escritório nos andares de cima, comércio no andar de baixo, um filho formado, poderiam comer o que quisessem; quantas voltas este mundo dá, não é mesmo?

As pessoas de testa franzida permaneciam petrificadas ao ouvir Marcondes, a admiração e o rígido silêncio eram gerais — ele enche o copo novamente e continua:

— Ninguém de casa continuou como "bóia fria", a humilhação havia acabado, era um novo começo. O supermercado empregava meus dois irmãos, um amigo da família e eu; meu pai ficava o dia inteiro de barriga pro ar enchendo o saco de minha mãe, mas ele merecia o devido descanso e ela merecia sua presença em casa. Depois de alguns anos eu construí minha filial em Maringá, o sucesso foi tanto que eu tinha de fazer esta rota todos os dias, de lá para cá, de cá para lá — contratei funcionários, dentro de cinco anos abri um novo comércio em um bairro que estava começando, muitos me acharam louco por tal investimento, mas o tiro foi certeiro novamente, em mais dois anos abri dois comércios de uma só vez, um aqui e outro em outra cidade, deixei minha matriz na mão de meu irmão, que teve a infelicidade de fechá-la por incompetência, quando descobri já era tarde, o faturamento de lá já não era tão significativo, depositei todas as minhas forças aqui e deu no que deu.

Diôni entrou na casa de seu avô depois que as pessoas se foram, lá dentro conversaram por longos minutos, depois saiu.

No caminho para casa pensava no quanto seu avô era vitorioso diante de tantos desafios que enfrentara no decorrer da vida. Todos tinham uma admiração tão imensa por Marcondes que chegava às raias da reverência, como ele sabia cativar as pessoas e conseguir ao longo de tantos anos inúmeros admiradores, na calçada ou no jardim de sua casa, para ouvir o que tinha a dizer a respeito de variados temas. Diôni sorria ao dirigir, sorria em ter perguntado onde era a "cidadezinha" em que Marcondes havia começado tudo; na verdade, tudo aquilo que Marcondes dissera o jovem já sabia, mas gostava de ouvir, Marcondes era tão bom contador de história, ou tão bom com as palavras que ele poderia dizer algo sobre um mesmo tema várias vezes sem deixar seus ouvintes cansados, todos tinham um enorme prazer em ouvi-lo falar, independente do que fosse, ninguém arredava o pé de perto dele.

Diôni pensava em ser assim, mas como poderia associar o que seu avô é ao que ele gostaria de ser? Não, ele não queria mais ser como seu avô, queria ser ele mesmo, pensava na realização de seus sonhos, inclusive a sua amada, isso Marcondes não conseguiu, estava aí uma grande diferença entre avô e neto. Marcondes foi um herói na vida, mas nunca teve a pessoa que amou ao seu lado. "Será que ele teria trocado tudo o que tem pelo grande amor de sua vida? Com certeza sim" — pensou Diôni. Naquele momento

Diôni era dominado novamente pelas interrogações. "Talvez eu desfrute de um império que eu não construí; quem sabe eu nunca viva ao lado da pessoa que sonho viver pelo resto de minha vida. — Hipótese descartada, como posso pensar assim? Nada pode me fazer desistir agora, eu tenho forças, sobretudo tenho fé, portanto meu sonho há de se realizar mais cedo ou mais tarde."

O jovem era perseverante, mas suas dúvidas não o deixavam viver sob nenhuma certeza, o que era certo para ele naquele momento era viver sob dúvidas constantes, suas palavras não entravam em acordo com seu coração; o que saía de sua boca não correspondia ao que seu coração sentia, ele fechava os olhos, dirigia com cautela, enfim chegou em casa, subiu ao seu quarto, da janela viu sua mãe conversando com o novo jardineiro, um senhor de rosto sofrido. Começou a chover, os dois se abrigaram no guarda-sol próximo à piscina, a chuva aumentava e os dois se aproximavam, eles riam, Giovana ria alto, parecia estar bêbada, a mão do jardineiro era ligeira e maliciosa enquanto explorava as curvas do corpo dela. Ele nota Diôni os olhando, alerta Giovana. "Então, como ia lhe dizendo, amanhã você pode entrar as dez sim, não há nenhum problema" — disse Giovana, quase gritando ao jardineiro.

Através deste gesto Giovana se entregou, pois não há prova maior que duas pessoas estão fazendo algo errado: quando a presença de alguém é notada, o silêncio paira por segundos, e um dos dois o quebra falando muito alto, aí é certeza de que há algo de errado mesmo.

Giovana e o jardineiro se calam, disfarçam, ela corre em direção da casa na chuva, se molha toda, o jardineiro dá uma última olhada para a janela do quarto de Diôni, que não estava mais lá.

Diôni ignora o fato, tenta ligar para Mário em vão: celular desligado. Giovana toma um rápido banho, não janta e vai direto para a cama, tudo isso para evitar um possível confronto com o filho — a jovem empregada vê tudo, liga para Mário em um número que só ela tinha, ele atende da boate, está exausto, sai da boate e encontra Cristina no hotel onde havia passado a noite anterior, os dois passam a noite juntos.

— Acho que d. Giovana está tendo um caso com aquele jardineiro novo — disse Cristina na manhã seguinte.

— Você está dizendo isso na tentativa de me provocar, confesso que não conseguirá, Cristina — responde Mário, ignorando a jovem.

— Provocar nada, falo sério, há indícios de que eles têm um caso, posso apostar — insistiu ela.

— Cristina, não me irrita não, vai, pára de falar e vira a bunda pra mim, você é uma simples empregada, não tem absolutamente nada a apostar, nada.

— Mário, Mário, você não sabe do que as pessoas são capazes.

Mário levanta as sobrancelhas e tenta ser indiferente ao comentário.

— Por que diz isso? Se ela estiver tendo um caso que se foda, sou a favor de que um homem ou mulher tem de fazer de tudo nessa vida.

Cristina o encarou curiosa.

— Você, por exemplo, já fez de tudo nessa vida? — perguntou ela com olhar sacana.

— Tudo confesso que não, mas as duas coisas mais importantes que um homem tem de fazer antes de morrer eu já fiz. — Mário cheio de razão, Cristina maliciosa.

— E quais são as duas coisas mais importantes que um homem tem de fazer antes de morrer? — Cristina acariciava as costas de Mário.

Ele se levantou da cama a empurrando para o lado.

— É viajar de avião e comer um cuzinho — disse ele sério.

— Que horror Mário, deixa de ser machista — Cristina deu uma gargalhada, incrédula com o que acabara de ouvir. — E a mulher — perguntou ela —, quais são as duas coisas que ela tem de fazer antes de morrer? — Cristina continuava às gargalhadas.

— Viajar de avião e dar o cuzinho.

Cristina ficou séria, ficou ofendida, lançou o travesseiro em Mário.

— Vai tomar no rabo filho-da-puta — Mário se aproximou, a pegou na mandíbula com força; aliás, com muita força.

— Não fica brava não Cristina, sei que ainda não é uma mulher realizada, em suas férias lhe compro uma passagem aérea — empurrou a garota com tanta força que a derrubou da cama. Ele começou a rir dela e do tombo. "Você me paga seu filho-da-puta, você me paga" — jurou ela em silêncio.

Ali estava Mário: o filósofo.

O jovem devaneador procurava viver sem sofrimentos, sabia que era o momento de procurar pelo lugar onde possivelmente encontraria sua amada, sabia que os sonhos da humanidade existem em algum lugar; Diôni estava confiante na idéia de encontrar em algum dos quatro cantos deste mundo a cidade mal iluminada que acreditava existir — não acreditava com tanta convicção quanto gostaria, mas acreditava. Depois o rapaz dormiu.

Diôni acorda suado, seus olhos doem, sua cabeça dói, tudo dói em seu corpo; está cansado — um gosto amargo na boca. Sonhara novamente, sonhara com a jovem mais uma vez, procurava se conter, tudo em vão; foi quase um nocaute, tudo muito intenso desta vez, muito diferente dos outros sonhos que tivera, queria entender a razão, queria saber se existia alguma alternativa. "O suicídio talvez; não, claro que não." Mas que fazer o jovem, como lutar com o desconhecido, por que se prender a algo que tanto demorava em se concretizar, como esperar por algo que não sabia como seria a receptividade? Tantas perguntas para nenhuma resposta, Diôni sonhara, sonhara sim, e assim:

Estava ele em sua casa, havia combinado de encontrar a jovem na cidade dela, não era Maringá, ele não conseguia lembrar o nome da bendita cidade onde seu amor morava, ele partia ao seu encontro dirigindo a uma velocidade razoável, dirigiu por uma hora até chegar onde a jovem muito empolgada o esperava, se encontraram, ela impaciente pelos dois minutos de atraso do jovem, ele se desculpa — ela o perdoa, entram na casa dela, uma casa grande e muito acolhedora, estão sozinhos e é um dia de domingo, tempo nublado, temperatura na casa dos dezoito graus, pensamentos sacanas percorrem as mentes dos dois jovens. Ela tranca a porta; Diôni lê seus pensamentos — se beijam ardentemente na sala, onde há quadros na parede iguais aos da casa dele, as mãos de Diôni percorrem as curvas do corpo da jovem, ela retribui os carinhos; vão para o quarto, um quarto grande e compatível ao que está prestes a acontecer, a jovem se entrega, Diôni a olha nua em sua frente, implorando para que ele a possuísse, "ela é inacreditavelmente linda, um corpo tão belo que posso garantir que não existem adjetivos compatíveis ao que vejo". Estão dispersos pelo reino do tesão, transam, se amam por horas, gozam juntos; sem dúvida esta é a fase mais refinada do prazer; foi a primeira vez da jovem, foi como ela sempre sonhou, com alguém que ela amava, sem dor, um momento mágico na vida de uma mulher. Diôni correspondeu às suas expectativas, aliás, ambos corresponderam, os dois tinham o que um homem e uma mulher devem ter na cama — o homem pegada, a mulher onde pegar.

Ele matara sua curiosidade de menina e atendera a seus desejos de mulher, ela o amava, ele a amava, estavam ali, nus na cama, de certa forma exaustos, ela tão à vontade que parecia não ter sido a sua primeira vez, fora tudo diferente das experiências que ouvira de suas amigas, que diziam nada ter significado, que diziam que apenas na décima vez que fizeram amor que conseguiram um orgasmo, outras diziam que já tinham se passado dez anos e o orgasmo era algo desconhecido — mas com ela, não. Diôni fora espetacular, fora cuidadoso e atencioso aos detalhes, fora um gênio nas preliminares, fizera mágica com seus toques; na penetração não houve nenhuma dor, nenhuma mesmo, só, apenas desejo, e um desejo intenso, tão intenso que não parecia ser a primeira vez em que transavam, em resumo tudo fora apenas prazer — saíram rumo a Maringá, Diôni queria apresentar sua amada à sua família, pai, mãe e avô, uma empolgação incrível dominava os dois jovens.

Ao chegar na casa, uma decepção, uma descoberta, uma frustração — acaba-se o sonho, Diôni vê a jovem sair correndo de sua casa em desespero, ele e sua família imóveis a olham pegando um táxi e voltando aos prantos para sua casa.

O rapaz não consegue saber por que ela fizera aquilo, em seus sonhos isso não fora revelado — estava ele sozinho, desapontado, desesperado em seu quarto.

Diôni não conseguia sequer identificar ou formular em palavras as dúvidas para as quais precisava de respostas. Certa vez lera que a interpretação dos sonhos é a via régia para o conhecimento das atividades inconscientes da mente; e que a análise de sonhos é o problema central do tratamento analítico porque é o mais importante recurso técnico para abrir uma avenida para o inconsciente — sonhos são fatos objetivos. Eles não respondem às nossas expectativas, nós não os inventamos.

Mas longe de qualquer tratamento, o rapaz interpretava seus sonhos como os sonhos comuns das pessoas, seus sonhos eram como o sonho da casa própria, do carro, da roupa ou até mesmo de um sapato, por mais que admirasse a psicologia, se manteria longe, pois escolhera não se aprofundar no assunto por nunca tê-la estudado, embora pensasse muito nisso.

À noite Mário resolve voltar para sua casa — um olhar desconfiado procura por todos em vão: a jovem Cristina está de folga, mas ele se esquecera desse fato, esquecera de tudo inclusive, mas ela não; Giovana está no jardim dando algumas instruções para o jardineiro — mas antes, suspiros e risadinhas faziam parte de tais instruções. Mário sobe para seu quarto, da janela olha sua esposa muito à vontade conversando com o senhor que não parece ser um empregado da família — o orgulhoso Mário descarta a possibilidade de sua mulher ter algum caso com aquele homem, embora tivesse sido alertado. "Quem se importa, afinal?" pergunta-se rindo e saltando sobre a cama. Pensa por alguns minutos em nada e volta à janela para espiar, não há mais ninguém.

Ali estava Mário: o desconfiado.

Giovana ao entrar na casa nota a presença de Mário, fazendo o quê nem ela sabe, o motivo muito menos, ela sobe para o quarto onde ele se acolheu ao conforto da cama — Mário a olha, sabe que sua esposa é bonita, mas seu olhar transmite desprezo —, ele se levanta, ela o olhou e manteve uma distância prudente.

— Oi, como vai você? — disse ele irônico.

— Ótima e você? — respondeu ela com desgosto e censura na voz.

— Quem é aquele jardineiro que fica em casa até tarde da noite?

— Alguém que precisava de emprego, agora se dedica ao máximo para não perdê-lo. Por quê?

— É que sem querer notei que sua patroa lhe dá uma notável atenção.

— Faça-me o favor Mário, você está há dias fora e reivindica explicações sobre um jardineiro? Você não tem este direito mesmo! — finaliza Giovana com os dentes cerrados.

— Por que não? Só não pense que estou com ciúmes, faça o que quiser, pois você não é nada para mim. Você já teve o seu tempo, hoje Giovana, nem mesmo um jardineiro a deseja — ela o olha furiosa, era como se seus olhos fossem dotados de voz. — Há uns vintes anos, talvez...

— Cale-se! — gritou ela em lágrimas, se retirando.

Mário começou a rir, sabia como ofender sua mulher, sabia como ofender a todos, foi até a porta do quarto e gritou:

— Aqui no meu quarto você não dorme — soltou uma gargalhada.

Ali estava Mário: o coringa.

Giovana foi para seu escritório, lá sentou e chorava feito uma criança, não tinha forças para reagir quando Mário fazia questão de ofendê-la, nunca tivera, sempre fora humilhada, humilhada só, diante das pessoas, em eventos dentro ou fora de sua casa, raras vezes quando eram casados faziam como os demais casais, mantinham uma coexistência pacífica para ocultar certos ressentimentos.

Ela se levanta e vai até o espelho, suas lágrimas fizeram um caminho no pó que usara no rosto para atenuar as pequenas rugas. Ela se olha atentamente, se pergunta por que se submete a uma vida tão sofrida, uma vida sem carinho, sem diálogo, encara uma vida de casada sem marido, não entende o porquê de soterrar sua vida em um relacionamento sem futuro, com horrível presente e triste passado. Giovana guardava seus terrores para si, há tempos tentara pedir a separação, nunca conseguira, sua coragem se esvai quando ela se depara com Mário; já ensaiara tantos discursos para este momento, mas na hora "H" sempre fracassara. Ela ainda se olhava, se encarava no espelho atentamente e pensava: "Minha única vida e estou desperdiçando."; "Sou comprometida, mas não acompanhada."; "Por que vivo como se estivesse morta?"; "Onde estão minhas forças e coragem para assumir o que de fato quero viver?"

Perguntas para as quais ela tinha resposta, tudo o que queria fazer estava ao alcance de suas mãos; sabia que Mário não a desejava mais, tinha certeza de que se subisse para o quarto e implorasse pelo amor dele, ele a humilharia e riria muito à sua custa. Giovana chorava, chorava, chorava muito, chorava copiosamente, chorava a não poder mais. Giovana era uma mulher solitária, digna de pena, desesperada e ansiosa para ter alguém com quem falar ou amar.

Mário se retirou cedo, antes encontrou Cristina; Mário com o pescoço tão alto que poderia ser confundido com uma girafa, ela nem lhe mostrou a calcinha, nem o olhou na cara quando ele pediu. Mário apenas sorriu. Giovana dormira muito mal no outro quarto, acordou pouco depois de Mário, encontrou a sua empregada e desabafou o ocorrido da noite anterior. "Eu lamento muito, dona Giovana".

    Diôni acordou aliviado, não sonhara naquela noite. Estava leve, descansado, embora com um olhar desconfiado, seu refúgio era o silêncio e a solidão, vivia trancado dentro de si; olhou da janela de seu quarto com uma xícara de café em uma mão e um cigarro na outra; observava como o jardineiro trabalhava arduamente, notava que trabalhava com dedicação — mas que ele volta e meia procurava alguém, procurava Giovana certamente, mas para quê? Diôni pensava na hipótese escassa de apenas os dois conversarem. O jovem desce, já fora de sua casa acende um outro cigarro, vai conversar com o jardineiro, um senhor já, Giovana passa por ele e acena do carro, passa pelo jardineiro e também acena.

— Bom dia! — disse Diôni.

— Bom dia — responde o homem sem olhá-lo nos olhos.

— Está gostando de trabalhar aqui?

— A necessidade faz a gente ter gosto por qualquer tipo de trabalho, já estou com idade avançada e é o que me resta.

— Seria como dizer que a necessidade faz o sapo pular?

O homem sorriu.

— É exatamente isso. Se não determinamos o que queremos ser quando jovem, na velhice o mundo se limita para nós. Eu sempre imaginei ter sucesso trabalhando com seu avô no passado, mas infelizmente perdi meu emprego e me rastejei por pequenas fábricas da cidade. Hoje não tenho carteira assinada e meu único bem não passa de uma pequena casa longe daqui.

— Você já trabalhou com meu avô? Quando e onde?

— Bem, não foi exatamente com seu avô, nunca tive o prazer de conhecê-lo. Faz muito tempo, acredito que você ainda não tinha nascido.

— Então realmente faz um bom tempo. Qual é o seu nome?

— Rapaz, é agradável conversar com você, mas acredito que meu tempo tem seus valores nesta casa; sua mãe pode chegar e ver que meus afazeres não tiveram tanto progresso, e como te disse, preciso muito deste trabalho. Tenho uma mulher adoentada e um filho que só me dá dor de cabeça, então se me dá licença volte em uma outra hora, por favor.

O jardineiro era um homem de certa idade e nunca havia se casado em toda vida.

— Claro, me desculpe, queria apenas o seu nome para saber se meu avô recordaria de você.

— Ele não se recordará, já te disse, não tive a honra de conhecê-lo, apenas prestei serviços a ele. Tenha um bom dia.

— Bom dia! Desculpe-me se fui inconveniente, não sabia que não poderia saber o seu nome.

— Bom dia, tchau.

— Por que você perdeu seu emprego quando trabalhava para meu avô?

— Mudanças de plano da nova diretoria; aspirador novo tem mania de querer limpar todos os cantos, não é mesmo?

— Claro — disse Diôni se retirando.

O homem tinha o hábito de suar por trabalhar sob o sol, mas nunca havia suado tanto em sua vida; olhava Diôni sair a passos lentos, olhava como era um jovem bonito, inteligente e crescido, fez uma inevitável comparação com o filho que sempre imaginara em ter — concluiu que não havia nada em comum.

Capítulo VII

Muitos dias se passaram depois daquela conversa, lamentavelmente para a tristeza de Diôni seus sonhos se tornaram mais intensos e freqüentes. Na faculdade iam de mal a pior suas participações e notas, Diôni até tentou, mas não conseguia desvencilhar seus pensamentos da jovem. Começou a sair, a beber, começou a beber muito, ia aos bares e danceterias, por mais que tentasse não conseguia se enturmar com os outros jovens, voltava bêbado para casa. Um dia seu carro estava com arranhões na parte lateral, ele não conseguia lembrar onde e quando havia ocorrido aquilo; não se importava mais. Sua barba estava por fazer, o cabelo despenteado, não fazia mais questão de que as roupas combinassem, por intermédio do destino ele se deteriorava a cada dia, fumava um cigarro atrás do outro em função do desespero, deixou de ir à casa de Marcondes por temer a bela "comida de rabo" que levaria.

Sempre que o velho ligava, Diôni saía pela tangente, dizia sem muita convicção que estava muito ocupado com os afazeres da faculdade e também com as garotas. Marcondes fingia acreditar, essas histórias não o convenciam de todo. A cidade degradara o jovem, o jovem que havia perdido o total equilíbrio, o jovem que um dia fora motivo de orgulho passara a ser motivo de vergonha para sua mãe. Giovana questionava, "Deixe-me em paz" — gritava ele. Era a única resposta que dava. Cristina pensava em dar para ele, mas ele nunca olhava para ela. O jovem estava perdido, estava colocando sua vida numa ribanceira, um desequilíbrio emocional se apossou do rapaz, sucedeu um prematuro desencanto de viver. "Nada justifica a desesperança, nada justifica a falta de fé, principalmente a fé que devemos ter em nós mesmos" — relembrou Marcondes dizer isso certa vez, mas não deu nenhuma importância.

    O devaneador sonhava todas as noites, eram dois ou mais sonhos em uma mesma noite, durante o dia, quando caía exausto de cansaço sob o efeito de alguma bebedeira, sonhava novamente. A vida de Diôni se transformara em um caos, andava sozinho na cidade, ia para lugares modernos, ia para os becos, tinha contato com pessoas boas, tinha contato com pessoas ruins; nada fazia a menor diferença. Em uma danceteria deu um show à parte, ficou bêbado, ficou louco, começou a beijar uma garota, quase se comeram dentro do recinto, ambos completamente bêbados, pulavam, dançavam, fumavam, ficaram sem camisa, o público delirava. Diôni saiu com aquela jovem, a levou para sua casa, treparam durante toda a noite no maior dos escândalos. "Diôni, o que está acontecendo aí?", gritava Giovana batendo na porta. "Nada mãe, não é nada, vá dormir." Ele ligava o som no extremo, Giovana decepcionada com o filho, ela havia perdido totalmente as rédeas, ele perdido totalmente as estribeiras, desconhecia os limites, para Diôni o limite passou a não existir mais. Uma alma seguia rumo à perdição. Seus heróis não serviam mais de espelho, aqueles homens que ele admirava pela postura diante da sociedade não refletiam em mais nada.

    Foram diversas as garotas que Diôni levara para sua casa, antes sempre na madrugada, era um terror para Giovana suportar tudo aquilo, depois ele passou a levá-las à luz do dia, realmente o jovem havia perdido a noção da ética; os sonhos, estes cresciam à medida que crescia a rebeldia de Diôni — por mais que tentasse ser forte diante deles, Diôni caía de cara com a lona. "Os sonhos são mais fortes que os homens, os homens são cheios de pontos fracos: o coração, a alma, o bolso e principalmente o pau" — era a voz de Marcondes no seu ouvido.

    Assim ele optara por viver, desencantado com a vida. Tornou-se um devasso, Giovana já não vencia em lhe dar dinheiro, temia dizer "não" — pois seu filho era agressivo com as palavras, poderia ser agressivo em outros aspectos também. Ela não queria tirar prova disso, então lhe dava as quantias mais exorbitantes. O rapaz em uma só noite passou a transar com três, quatro, duas ou uma garota apenas, menos que uma nunca, mais que quatro jamais — Diôni estava possuído, não ficava um único dia sem levar alguma jovem para seu quarto ou para o quarto de um motel, tudo na tentativa de esquecer, abrir mão de seu sonho. Permanecia na vã tentativa de esquecer e abrir mão daquela jovem que o perturbava, da jovem que ficou ainda mais presente em sua vida, tão presente que Diôni via seu rosto em suas presas. Ele enlouquecia com aquilo, fixava os olhos, relutava, mas a miragem insistia em estar ali, insistia em lhe sorrir enquanto a possuía, insistia em pedir mais e mais, o jovem saía da cama irritado, dava as costas, olhava para a cama de volta e a miragem desaparecia, ele via sempre uma jovem cheia de interrogações sobre a sua cama ou sobre a cama de um motel — "o que foi?" — perguntavam as jovens vítimas das circunstâncias; ele nada respondia, em silêncio voltava com toda fúria sobre elas; de olhos bem fechados.

Diôni estava desconsolado, decepcionado com a vida, decepcionado com as pessoas. Passivamente se rendeu, se deixou levar pelas circunstâncias, a fé, a esperança e a perseverança não surtiram efeito sobre o pobre, ele que apostava que tudo seria uma questão de tempo — se entregou, passou a acreditar que era um derrotado, um perdedor, um fracote, um merda no mundo, um nada. Simplesmente nada. "O homem que desiste de suas conquistas é um nada. Aquele que é derrotado sem lutar é um nada; aquele que se dá por vencido é um nada; o homem nada, nada merece, nada terá." Era a voz de Marcondes novamente. O rapaz fingia não ouvir.

O devaneador estava perdido em um recanto escuro da vida, detinha todos seus pecados dentro de uma mulher; agora, portanto, o rapaz estava perdido. Perdido e fodido, as coisas passaram a ir de mal a péssimo.

Tudo isso o deixava cansado, ele se entregava ao sono, um sono pesado, sonhava com a garota, sonhava todo santo dia, a mesma garota, agora sempre os mesmos sonhos: *ele na casa dela, só os dois, faziam amor, vinham para Maringá, seus familiares os esperavam ansiosos — ele a apresentava a Giovana e companhia; a garota saía sem explicação aos prantos da casa dele, ela pegava um táxi e se evaporava no ar, enquanto ele e os demais ficavam a ver navios.*

  Diôni acordava raivoso; antes recorria a "Deus", lamentava, saía em busca da jovem em cada corpo ou alma de mulher. Depois suas atitudes mudaram, ele acorda nervoso, olha para os lados e começa a rir, ri com ironia, ri de tanta dor; fuma e bebe sem parar, ele busca conforto para seu infortúnio nas jovens sonhadoras e as corrompe com suas fantasias. Toda a sua fúria, devido às suas decepções, são descarregadas nas pobres, quase inocentes que não resistem aos encantos do rapaz.

  A devastadora transformação de Diôni, aos olhos das garotas, era uma transformação fantástica, "uma fantástica transformação", diziam elas, que adoravam o estilo rebelde do jovem. Era exatamente nesses elogios que ele fazia suas presas, presas fáceis e calientes, todas queriam lhe dar o que ele procurava.

  Diôni estava em seu quarto, havia acabado de acordar de um dos sonhos, colocava a mão nos ouvidos, mas a voz de Marcondes vinha de dentro de si. "O homem que é homem nunca se entrega"; "Um homem em total juízo não entra em desespero, a ponto de se destruir nunca, ou principalmente a ponto de destruir os que o amam, jamais"; "Um verdadeiro homem não se faz vítima das circunstâncias"; "Não aguarda por pena, ele reage"; "Um verdadeiro homem é reativo quando deseja algo"; "Um verdadeiro homem respeita os limites impostos pela sociedade em que vive"; "Um verdadeiro homem não se perde dentro de si."

  — Cale-se, cale-se! — gritava Diôni procurando por Marcondes. O jovem delirava, estava aos berros, sozinho, caído em seu quarto. "O homem não deve nunca se entregar"; "O homem nasceu para vencer, se ele observar bem, verá que tudo está diante do seu nariz".

  — Eu já te disse para calar a boca. Me deixa em paz, preciso de paz, suma daqui.

  "Um filho deve ser orgulho para sua família, o mínimo que um filho pode dar é orgulho para sua família, é o mínimo que ele deve fazer por ela, enchê-la de orgulho."

— Por "Deus", suma daqui.

"O homem pode perder, mas ficar perdido nunca." Diôni estava caído, tentando não ouvir a voz de Marcondes; mas o ouvia bem, aliás, muito bem: "Seu sonho não é ininterpretável, interprete-o como quiser, seja justo em sua interpretação, e no fim a razão estará ao seu lado". A voz de Marcondes se dissipou, o jovem continuou neutralizado no chão; adormeceu, acordou sob nenhum efeito, estava consciente. Sóbrio, olhou ao seu redor, estava anoitecendo, sua cabeça doía, doía muito, ele desequilibrado se levanta, se olha no espelho. Sente vergonha de si mesmo, uma aparência horrível, não emagrecera, o cabelo até que estava em dia, mas a barba, a barba estava enorme, estava velho, com aparência cansada. Diôni resolve dar um basta naquela situação: toma um banho, raspa a barba, usa o pente novamente, põe uma roupa bacana, se perfuma, vai até a pequena geladeira de seu quarto, só bebidas alcoólicas. Não, havia uma lata de refrigerante escondida, ele a pega, se senta em uma cadeira e apóia o pé na outra, começa a refletir sobre todo aquele tempo perdido. Arrepende-se, tem vergonha de Giovana, de Marcondes, não vai nem participar da festa que seu avô dará naquela noite — o rapaz tem vergonha de si próprio, vergonha de suas atitudes. Ele acende um cigarro, fica por horas ali pensando, digerindo o refrigerante e fumando. Sente cansaço, deita-se na cama... Começa a dormir. Cruza com a angústia de muitas noites atrás.

Diôni acorda desesperado, o cochilo do início da noite havia se transformado em um horrível pesadelo, se não bastasse o desespero negro das noites anteriores, agora não havia como reivindicar a vida de volta, todo seu arrependimento e vergonha tinham ido por água abaixo — desceu em disparada de seu quarto, não olhou para ninguém, interrogações povoavam os pensamentos de Giovana e de suas visitas, nenhum "boa noite", nada. Ela preocupada — "Meu Deus". Voltou sua atenção às suas visitas. O rapaz pegou seu carro e saiu em louca disparada, atravessou a avenida Colombo numa velocidade extrema, inconsciente colocava em risco sua vida e a vida das pessoas, atravessou o sinal vermelho, o som de buzinas era inaudível, o xingo das pessoas também, na saída da cidade viu uma placa — Cruzeiro do Sul —, estava lá escrito, mas foda-se aquela placa, ele estava sem rumo, foi contra o que aprendeu, queria recorrer à morte naquele instante, sua arma era seu carro e sua jornada era para acabar ali — esqueceu-se que a dor da morte é para quem fica, mas ele estava desesperado, estava louco, louco e possuído. Nada naquele instante o faria mudar de idéia, estava decidido, iria se matar, planejava uma forma mais eficaz para o seu crime. Daria toda a potência de seu carro e o lançaria contra uma árvore ou poste, quem sabe contra um caminhão teria um melhor resultado, contra um treminhão nem se fala, mas o fato era: teria de se matar, não queria mais viver daquela forma, a morte seria sua melhor saída. Optou em morrer por não viver, ao invés de viver como se estivesse morto.

Covarde, covarde, covarde era no que Diôni se transformara atrás do volante de seu carro. Egoísta, egoísta, egoísta foi o que Diôni era aos olhos de Deus naquele momento, recorrer à morte para solucionar um problema, lutar que nada. A morte era o refúgio, foda-se a dor dos demais — na verdade, fodam-se os demais, o que vale é o eu, o eu é o que importa, mesmo que seja o eu morto. Assim como todo suicida, Diôni olhava só para si, as conseqüências deixaram de existir, a remota possibilidade de pensar nos outros que viveriam com a dor da perda não existia mais, pelo menos não para ele, não para quem estava determinado, não para aqueles que buscariam outras alternativas. Não para aqueles que não tiveram a nobre coragem de encarar o desafio de viver. Diôni avançava, o tráfego era pequeno, a velocidade de seu carro era alta, só lhe restava à oportunidade de lançá-lo contra algo. Algo que o destruísse por completo; pisou com mais força, oscilou de um lado para o outro na estrada perdendo a direção, indo ao encontro do acostamento, na iluminação dos faróis viu perdidas três pessoas ao longe, deu luzes altas, viu que eram um homem, uma mulher e uma criança — perigo total, tinha que recuperar a direção, lutou, mas não conseguia, recorreu ao freio do carro, os três não se moviam, devagar ele recupera a direção e diminui a velocidade, seus pés tremiam na embreagem, freio ou acelerador. Aliviado,

Diôni repensa no que estava prestes a fazer, iria matar três pessoas quando decidira matar a si próprio. Seria um covarde ao quadrado. Pediu perdão a Deus a título de indenização daquela falha.

O jovem respirava com olhar perdido. Subitamente se dá conta de que aquela estrada lhe é familiar, embora nunca houvesse passado por ali. Esforça-se para relembrar o caminho que já havia percorrido, sorri. Era o mesmo cenário que vira em seus sonhos. Sim! Era sim. Não lhe restava dúvidas, aquela rodovia fora a mesma que percorreu para buscar sua amada para apresentar aos seus familiares. Seria aquilo uma resposta? Diôni de boca seca chega a um trevo, em que as luzes e os postes eram iguais aos de seus sonhos. Morrer que nada, sem dúvida aquilo era uma resposta, o lugar estava para ser descoberto, aquilo era a resposta: sua amada estaria em algum lugar e aquela rodovia o levaria até ela. A vida voltava a ter valor, a vida voltava a valer a pena.

"Cruzeiro do Sul — é a cidade para onde vou." A placa na saída de Maringá indicava, a placa que estava à sua frente também, a cidadezinha relativamente perto de Maringá onde seu avô vivera; possivelmente seria o cenário de seus sonhos, era pagar para ver, era ver para crer. Um súbito arrependimento o dominou: "Eu iria me matar, mataria comigo todos aqueles que me amam, que burrice a minha". Envergonhou-se de si mesmo. Suas atitudes não correspondiam ao que aprendera, no que acreditava, mas havia tempo para se recuperar desta súbita fraqueza, teria agora toda sua vida, a vida que só Deus tiraria. Dependendo dele, só Deus a tiraria.

De volta ao seu carro, engata a primeira e sai. Outra placa indica a cidadezinha, anda mais alguns quilômetros e outra placa a indica também, em um outro distante trevo vê uma placa em que não consta quilometragem, indica através de uma seta que ali é a entrada, ali está Cruzeiro do Sul. Se ali for o cenário de seus sonhos, ali estará o seu amor, o grande amor de sua vida, a jovem que esperara por tanto tempo, a jovem que fez parte de sua vida, a jovem que era sua vida, era seu sonho, sonho este que poderia estar próximo de se realizar.

Ele vira à direita, observa a preferencial, ninguém, dois minutos depois vê Cruzeiro do Sul, a cidade mal-iluminada, dentro um ginásio de esportes, ao lado um mini campo de futebol, mais distante ele vê o que comprova toda sua certeza, a praça, a mesma praça em que sempre estivera com sua amada, a praça mal-iluminada cheia de curiosos, curiosos que os acompanhavam com seus olhares; simples olhares, maldosos comentários. Diôni sorri, não acredita, chega enfim ao lugar que estava apenas nos seus sonhos. Pára seu carro, desce, observa as pessoas, as pessoas o observam, a cidade é pequena, qualquer estranho é notado, inclusive ele, ele vai em direção à praça, em um banco há um casal, ele os observa, justamente naquele banco ele já estivera em sua realidade imaginária. E a garota, onde estaria ela? Ela o aceitaria? Seria mesmo um conto de fadas o que poderia acontecer entre os dois? Diôni não se importava, Marcondes viveu ali e encontrou sua amada em Maringá, ele viveu em Maringá e encontraria sua amada ali, era a lógica do raciocínio, não poderia ser outra coisa.

  O jovem olha cautelosamente as garotas daquele lugar. Nada. Nenhuma ao menos parecida. Não importa, agora já não adianta mais o desespero, naquele momento seria tudo uma questão de tempo. Assim como aqueles que juntam dinheiro para realizar seus sonhos, devem, sobretudo, ao tempo e à paciência, ele faria o mesmo. O desespero seria uma bobagem, não deixaria que suasse o desconforto de tempos atrás; agora era equilíbrio, faria o que o homem tem de mais importante a fazer diante das situações mais inusitadas de sua vida: 'Pés no chão'. Diôni deixa a praça sorrindo, todos acham que ele está louco, ele vai até um bar, pega uma *vodka ice*, acende um cigarro, encosta-se em seu carro, continua incrédulo a olhar para aquele cenário há tempos tão familiar. O cenário que se resumia à realização de um sonho, sonho de uma vida.

  O cigarro acaba, ele joga a garrafa de vodka pela metade em um cesto de lixo, entra no seu carro e vai explorar a cidade, a "cidadezinha", como seu avô dizia, "Cruzeiro do Sul", a cidadezinha que acolhia a pessoa mais importante de sua vida, a cidadezinha que acolheu seu avô, onde nasceu também sua mãe. A cidade que era lar dos bóias frias, que seu avô dizia merecerem tanto prestígio. Diôni dá várias outras voltas na praça, toma uma e outra rua, vira à direita, pára novamente seu carro, se depara com algo que ele, fascinado pela praça, havia esquecido: um prédio, um prédio velho, com arquitetura curiosa, o mesmo que freqüentara em um de seus sonhos.

... *Conversam e ficam em frente de um prédio velho, aliás, muito velho, está prestes a não suportar mais o seu próprio peso.*

Diôni observa curioso, o prédio chama-lhe a atenção embora nunca o tivesse visto, o prédio de poucos andares em ruínas lhe é familiar, vinha à sua mente lembranças de um parente ou pessoa próxima, mas ele não conseguia associar a quem exatamente naquele momento. O prédio, com seus detalhes na pintura desgastada e a arquitetura um tanto excêntrica, o deixou curioso, e por incrível que pareça é o único prédio da pequena cidade — o rapaz começa a viver a realidade de seus sonhos.

Diôni sorri novamente, há a quem associar aquele prédio: seu avô, foi ali que Marcondes dera *início sua vida* de negócios, foi ali que o empregado passou a ser patrão, foi ali que o homem que passava às vezes até fome tivera fartura em sua mesa. Pensou quando estaria ali com sua jovem amada, quando ela o advertiria por ser tão curioso em relação ao prédio, o único da cidade.

"Não importa mais quando, mas que ao menos seja breve" — pensou ele. Ficou a observar o prédio por mais alguns instantes e saiu. Voltou para a praça, era o único refúgio da cidade, fosse onde fosse se confrontaria novamente com a praça, era um trajeto e destino inevitável para quem estivesse naquela "cidadezinha".

Depois de voltas e mais voltas pela praça e passagens por outras ruas Diôni pára seu carro novamente, desce e fica a observar o pequeno movimento. As pessoas mudam seus trajetos para passar perto dele, observam a placa de seu carro comprovando que ele realmente não era dali, ele sorri com a postura daqueles curiosos, ele sorri com tudo o que vê ao seu redor.

De repente ele gela com o que vê, ele franze a testa diante do que seus olhos lhe mostram: seu mundo não é mais escuro, a luz de sua vida está diante de si — aquilo que fora um eterno pesadelo se torna naquele momento a realização do mais nobre sonho da vida de um homem: o encontro com sua cara metade, o encontro com a pessoa que fazia parte dos seus mais íntimos sonhos. A vida se resume em ser de certa forma feliz, mas não há como ser feliz sozinho; o homem não nasceu para ser só. Mas a companhia tem de estar em acordo com o que você sonhou, tem que fazer parte de todas as suas batalhas. Diôni engole a seco, de repente sentiu a boca tão seca que mal pôde proferir palavras — seu olhar cruza com o olhar daquela jovem, ela é ainda mais linda que em seus sonhos. Ela por sua vez pára, o fica observando como se estivesse o esperando há tempos também.

   Ela está acompanhada por duas amigas, amigas que se dão conta de sua ausência. "Vamos Diana, por que você parou?", pergunta uma delas, mas ela não responde; ela e o jovem estão hipnotizados com o que vêem: um ao outro. Diôni completamente desajeitado tenta manter o equilíbrio, procura manter a firmeza, a postura, está diante de "Diana", que nome lindo, não tão lindo quanto ela, seria demais exigir que um nome seja mais belo que uma pessoa, principalmente sendo esta pessoa — a mulher mais linda e amada do Universo. Uma das outras jovens lhe chama novamente: "Vamos Diana, estamos atrasadas".

   "Não, ela não está atrasada, enganam-se, ela chegou no momento certo", pensou Diôni paralisado, completamente paralisado; sentia o bater de seu coração, sentia a emoção fluir em estar diante da realização de um sonho. Ele encostado em seu carro, ela parada do outro lado da rua; rua estreita, era a única barreira que os separava, havia pouco movimento, pouco mesmo, alguns em alta, outros em baixa velocidade, o movimento comum da cidadezinha em uma noite cheia de promessas.

   O jovem volta a si, a jovem também, ela não consegue escutar nenhuma de suas amigas que a chamam insistentemente, o mundo está imóvel para os dois jovens, estão aos poucos se recompondo, estão voltando a si. Diôni vai ao seu encontro, Diana vai ao encontro dele, ela volta, pois um carro passou, Diôni dá um tímido sorriso, ela sorri também, colocando seu pé novamente na rua. A cena comove as duas outras jovens que passam a entender o que está acontecendo. "Seria dele que ela tanto falava?". Diôni pára, Diana volta para a calçada, um outro carro, o movimento está aumentando ao redor daquela praça.

Capítulo VIII

Naquele mesmo instante na casa de Marcondes há um pequeno evento. Nada de baralhos, que faziam parte de qualquer evento organizado por ele, mas comida e bebidas à vontade. Havia amigos de sua idade, havia amigos que poderiam ser seus filhos ou netos, a casa estava animada, com muita música. Marcondes, roqueiro, gostava das bandas da nova e velha geração, tão eclético que apreciava de *heavy metal* ao bom rock nacional. Ele tentava não querer falar sobre nenhum assunto, todos queriam que ele falasse sobre algo, "sobre mulheres principalmente"; era a luta dele contra os outros, os outros em maioria, ele minoria, não se sentou porque sabia que esse gesto era se entregar, um eventual descuido o tornaria centro de um círculo de pessoas. Estaria condenado, então procurou falar apenas da comida que fizera; elogiava-se de tão bom mestre cuca, todos concordavam. Seu churrasco à moda gaúcha era impecável, seu arroz em panela de ferro no fogão a lenha nem se fala, a mesa e os pratos fartos, poucos estavam sentados à mesa, uns encostados no sofá, outros de pé na cozinha ou na sala. Todos se divertiam, todos comiam, todos tinham um enorme prazer em estar ali na casa acolhedora daquele senhor; Marcondes, observador, sempre a olhar pessoas, sempre a prestar atenção ao que elas dizem, onde ele ia os olhares o perseguiam, as pessoas queriam ouvi-lo falar.

Marcondes passou por pessoas comendo e bebendo, e que enquanto faziam isso debatiam sobre um fato que ocorrera em uma pelada. Falavam sobre racismo, Marcondes se aproximou curioso, muitos também se aproximaram, um dos rapazes tinha a pele negra, o súbito silêncio tomou conta do lugar, só se ouvia ao longe um encher de copo ou o tilintar de talheres, eles não se incomodaram com a presença de Marcondes ou das pessoas, continuaram a falar naturalmente; concluíram depois de dez minutos aquele diálogo, as pessoas reprovaram a ofensa sobre o rapaz que fora vítima de racismo enquanto jogou futebol naquela tarde. Marcondes não resistiu e se manifestou:

— O racismo é algo tão idiota — todos se entreolharam aliviados emitindo piscadelas, enfim Marcondes ia manifestar-se sobre um determinado assunto, se isso não acontecesse, não seria o Marcondes que todos conheciam, a noite e a festa não seriam tão boas.

— Um pau bem grosso e grande no rabo dos preconceituosos. Odeio todas as formas de racismo, sinceramente o preconceito me irrita, principalmente o preconceito social, se é que existe este termo. Não gosto de gente que se acha melhor que os outros porque vive em uma sociedade rica, pessoas que se julgam melhor que este ou aquele porque vivem na plena certeza de que possuem mais dinheiro — como se o dinheiro fosse a salvação do mundo, como se o dinheiro fosse a salvação da alma. Indivíduos que vivem como se o dinheiro fosse o que há de mais importante em suas vidas; quando jovens vivemos despreocupados, quando jovens fazemos muitos planos não relacionados ao dinheiro, quando nos tornamos adultos e priorizamos o dinheiro, é ali, é justamente ali que a vida começa a acabar — preocupações com o que gastar, preocupações com quanto guardar, preocupações em como não gastar, preocupações em onde aplicar; pior é quando muitos se preocupam em ter mais que os outros para se sentirem melhores. Confesso que pensar nisso me enoja.

Marcondes deu uma pausa, seu olhar percorreu todos os que o ouviam, deu um trago no uísque e continuou:

— No preconceito racial também é foda pensar, sempre que reflito sobre isto, no fim concluo que não há fundamento; mas é muito simples a linha de raciocínio a respeito disso, pois Deus quando distinguiu a cor de pele dos humanos com certeza tinha um propósito, o que comprova este propósito é pensar que quando falamos dos grandes heróis da humanidade, aqueles homens que não esquecemos jamais, personagens que vêm aos nossos pensamentos quando falamos sobre determinados assuntos, falamos em seus marcos e suas imagens vêm ao pensamento. Podemos citar muitos exemplos.

Com o indicador para cima, ele dá uma segunda pausa e um segundo trago, e depois de um curto silêncio conclui:

— Pergunte a quem for quem é o rei do futebol, que a resposta será um brasileiro (negro). O rei do basquete (outro negro); o maior guitarrista da história (negro), quem mundializou o *reggae* (um homem negro); o rei da luta de boxe (um negro também); entre tantos reis negros que fizeram algo de bom pela paz ou pela humanidade que podem ser citados. Posso apostar que, entre esses reis, houve o rei da humanidade que provavelmente tinha um tom de pele bem próximo ao dos heróis citados há pouco; isso comprova o propósito de Deus, isso prova o meu ponto de vista do que penso sobre o racismo.

— Falemos agora sobre as mulheres — pediu um jovem aproveitando a deixa.

— Claro — respondeu ele docilmente, certo de que em uma festa ou jantar seria sempre um pensador sobre os assuntos que cercavam a sociedade de um modo geral. — "Mulheres — estejam elas onde estiverem ou sejam elas quem forem — sempre serão as responsáveis pelo incessante..."

Embora fosse um assunto diário, era para todos um prazer ouvir o que o velho dizia a respeito das mulheres, principalmente para as próprias mulheres; nunca haviam pensado no poder que exerceram na formação das sociedades, o quanto implicaram nas decisões dos homens, as causas e os efeitos que fazem o mundo diferente, que as voltas que o mundo dá podem estar relacionadas a elas.

— Seu Marcondes, por qual time torce, o amor, o que pensa a respeito do amor, a política, sua religião — neste momento, Marcondes estava acomodado no sofá da sala, algumas pessoas sentadas ao seu lado, alguns permaneciam de pé, outros, porém, bem à vontade sobre o tapete, mas todos sem exceção o fitavam e o ouviam atentamente.

— Falemos de futebol, mas não falemos de Copa do Mundo; falemos de amor, mas não falemos de amor eterno; falemos em Deus, mas não falemos em religião; falemos em mentiras, mas não falemos em política. Desculpe-me desapontá-los, mas receio em falar sobre tudo aquilo em que não acredito.

Todos riram, aquela seria a primeira vez que Marcondes não se revelara sobre algum assunto. Mas o homem não desapontou seus ouvintes por um todo, não seria de seu feitio. Cruzou as pernas, pediu para uma das pessoas lhe encher o copo e discursou:

— O futebol, o futebol é uma das magias do planeta, é sem dúvida o esporte mais vibrante e emocionante deste mundo, é extraordinário para quem está em campo, é espetacular para quem torce e assiste, só lamento as desavenças fora de campo, como é ridículo ver um indivíduo agredir outro porque não torcem pela mesma equipe, é uma pobreza de espírito sem tamanho — descruza as pernas, muda a expressão. — Sempre joguei bem o futebol, sempre era um dos primeiros a ser escolhido, nunca goleador, mas implacável na marcação, não vou revelar qual é o meu clube do coração, mas revelo a vocês qual é a camisa mais linda dentre os clubes; sem sombra de dúvida posso afirmar que a camisa do Grêmio de Porto Alegre é a mais bela de todas. É certo que encontrarei diversas pessoas que possam não concordar, mas isto será em virtude de uma tremenda dor de cotovelo. O nome de estádio que acho mais bacana é "Ilha do Retiro", é estádio de um dos clubes do Recife, não sei a razão deste nome, mas é o nome mais bacana entre os estádios, e já tive o privilégio de assistir a uma partida lá.

Marcondes volta a cruzar as pernas, pede para que abasteçam seu copo novamente e continua:

— O amor é um nobre sentimento, mas o maior amor que existe é o amor de pai para filho. Não existem dimensões para o amor que um pai dá a seu filho, ser pai é uma dádiva. Para dizer a verdade, a mais pura verdade, ninguém deve deixar este mundo sem antes ter um filho. A vida de um homem é feita de conquistas e magia, mas nenhuma conquista é tão mágica quanto ter um filho; quem ainda não foi privilegiado com esta dádiva verá de perto o quanto eu tenho razão, faça o que fizer, possua o que possuir, ou ainda ocupe a posição que for, nada lhe trará mais alegria na vida do que ter um filho.

Volta a descruzar as pernas, agradece e não aceita que seu copo seja completado novamente.

— Deus, Deus não se resume em palavras, Deus é atitude, é viver em função do bem. Quanto à mentira — esta não é digna de um discurso.

Marcondes foi aplaudido, agradecia os aplausos fazendo reverência, ficou orgulhoso de si, como queria seu neto presenciando aquela cena.

Pensamentos vagos e dispersos voltados a quem se ama. Assim estavam Diôni e Diana, no ápice de suas vidas, no momento mais intenso que poderiam uma mulher e um homem viver: estar frente a frente com uma pessoa que se queira pelo resto da vida, tão raro quanto tão intenso, mas as vidas dos dois estavam predestinadas. Diôni olhava Diana, Diana olhava Diôni, os dois atentos aos carros que agora já não paravam de passar, não havia uma pausa para que um dos dois tivesse a iniciativa e conseguisse atravessar a rua para estarem juntos, perto da pessoa mais importante que havia na terra. Numa pausa Diana a passos rápidos atravessa a rua, Diôni incrédulo observa aquela jovem vindo a seu encontro, tudo muito rápido. Os dois em silêncio, a emoção no ar, o amor no ar; "Depois voltamos, Diana" — disse uma de suas amigas ao se retirar. "Tudo bem!" — respondeu ela. Diôni via uma mulher tão linda ao seu lado que sua voz não saía, perfume bárbaro que ela usava, o batom. Diôni apreciava as unhas manicuradas de testa franzida. Diana o olhava da mesma forma, ela nunca havia se apaixonado, mas não precisara, agora estava diante de um homem; o homem que da mesma forma era para ela: fazia parte de seus sonhos.

— Oi, tudo bem? — disse ela sorrindo. A voz daquela jovem suava cálida e atraente.

— Tudo ótimo — respondeu Diôni. "Não imagina o quanto", pensou.

— Nossa! Quando te vi alguma coisa aconteceu, esqueci que estava com minhas amigas, perdi a atenção da rua que hoje está com um movimento anormal, bom, mas aqui estou eu — ela sorri.

Diôni olhava nos olhos de Diana, seu olhar revelava o seu amor, olhar tão intenso que de certa forma a constrangia. A voz, a voz de Diana era exatamente como nos sonhos daquele jovem, sua beleza da mesma forma. E o beijo? O beijo também seria tão bom quanto em seus sonhos? Isto Diôni queria conferir.

— Diana é o seu nome, não é mesmo? — ela assentiu e antes que perguntasse: — O meu é Diôni — ele estendeu a mão, ela o tocou.

— Muito prazer! — disse ela, os dois de mãos dadas, não conseguiam se soltar, uma chama se estendia no corpo daqueles jovens que começou naquele cumprimento. Mãos dadas, mais próximos um do outro agora. Um silêncio, um olhar, um beijo. Um beijo seguido de uma fúria, um beijo seguido de um aperto, uma troca de carinho através da língua, um amor que tanto tempo estava para ser explodido, o amor dos amores, brincavam com os lábios, ele no lábio superior dela, ela no lábio inferior dele, ele passando a língua nos dentes dela, que amava tudo aquilo — era o primeiro beijo de Diana, um beijo que ela nunca esqueceria, era a primeira vez que tocava em um homem, primeira vez que um homem a tocava; voltaram a se beijar, as amigas iam se aproximando, mas pararam ao ver aquela cena, os dois em um só corpo. As jovens riram, abafando o riso com a mão.

— Vamos sair daqui — sugeriu ele.

— Vamos — respondeu Diana.

Diôni abriu a porta do carro para ela, que amou o gesto. Saíram. Na praça as pessoas bombardeavam o casal que de certa forma se esperavam por um longo tempo. No fim daquela noite, Diôni deixou Diana em sua casa, da janela uma mulher notou um carro estranho em frente de sua casa, se aliviou ao ver Diana acenar de dentro do carro, correspondeu ao aceno, saiu da janela.

— Quem é? — perguntou Diôni.
— É a minha mãe.
— Qual é nome dela? E o seu pai, ele está aí?
— O nome dela é Augusta. Quanto ao meu pai, ele não mora com a gente; na verdade, ele não mora nem aqui nesta cidade, mas ele vem nos ver todos os meses. Eles se conheceram, ficaram um bom tempo saindo e destas saídas eu fui o resultado.
— Não poderia haver resultado mais nobre — os dois riram.
— Meu pai sempre fica dois ou três dias aqui. Minha mãe arruma um dos quartos de visita para ele, no outro dia os dois acordam e ambos saem do quarto dela. É ele quem nos sustenta. Levamos uma vida decente ainda que sem luxo.

Diôni voltou para casa incrédulo, enfim sua busca terminara, a busca que tanto o afligia durante todos os anos que se passaram; agora, agora não, a vida era outra, novos rumos a serem tomados, outros planos a serem feitos. O jovem tinha razão para viver, viver ao lado de Diana, jovem que, como ele, tinha um pai ausente. Dois ou três dias por mês, era o tempo que correspondia ao de Mário em casa, mas Mário não dormia com Giovana, eis a diferença entre os pais dos dois jovens.

A festa na casa de Marcondes estava por acabar, ele que tanto lutara para não falar acabou falando a noite toda, até alta madrugada. Já estava cansado quando respondeu ao último comentário daquela noite.

— O senhor um dia nos disse que havia gerenciado um departamento de uma empresa. Quando foi isso? — perguntou uma jovem.
— Sim, eu havia me esquecido de lhes dizer, para um excelente aprendizado nada pode substituir a prática, esta minha trajetória foi durante apenas seis meses, foi no período em que eu estava avaliando como fazer minha primeira filial. Nesta multinacional gerenciei uma determinada área — mas confesso que não me identifiquei com isto, pois em uma empresa você se

depara com situações e atitudes de pessoas que só presenciando para acreditar, na maioria das vezes eu me deparava com algumas realmente inacreditáveis.

— Por exemplo? — perguntou Diôni que havia acabado de entrar, rindo, motivo não lhe faltava para sorrir.

Marcondes sorrindo, feliz com a presença do neto, responde:

— Exemplos são tantos que eu ficaria aqui por horas falando e não terminaria nunca. O que eu mais odeio é puxa-saco, não suporto pessoas artificiais que fazem questão de ficar próximas do chefe, forçando a barra, ou aqueles que fazem de tudo para entregar alguém, que gostam de expôr os pontos fracos dos companheiros de trabalho. Como é incrível a competitividade que criam por uma promoção! Acreditem: muitos matariam até a própria mãe por sucesso profissional. Na empresa onde trabalhei perdi a conta das pessoas que não tinham a mínima vergonha de se matarem de tanto rir quando eu ou outro gerente contávamos as piadas mais sem graça possível antes de um comunicado ou qualquer outra situação. Havia aqueles que diziam não jogar futebol depois do expediente por este ou aquele motivo, mas quando sabiam que eu ou um outro gerente iríamos participar, o maldito também ficava. Dentro da empresa era tão triste que quando alguma mulher tinha amizade demais com um gerente todos viam apenas como profissionalismo; caso suspeitassem de algo mais apenas diziam: "Tudo bem, ela está certa, ele é gerente". Quando eram duas pessoas de cargos inferiores, eram vistos como amantes sem escrúpulos: "Não têm vergonha, nenhum dos dois". Era uma missão impossível para mim. Havia uma desgraçada, coordenadora de certo departamento, que implorava a uma de suas subordinadas para almoçar comigo. Com certeza pensava: "Ele saindo com ela, ela é bonita, quem sabe não me promova". Enganou-se e foi para a rua.

O silêncio foi quebrado por algumas risadas.

— Afirmo a todos vocês: um bom líder não gosta de bajuladores; um bom líder avalia seus subordinados por seus resultados; o bom líder contrata funcionários baseado na perspectiva do ato da entrevista, não por causa da procedência familiar; o bom líder não se deixa levar por fofocas, antes de tudo ele conhece as pessoas que estão à sua volta e sempre tira tudo a limpo; se afasta dos imbecis que vivem forçando a amizade; sabe distinguir as pessoas sinceras das que apenas defendem seus interesses. Um bom líder avalia e ajuda, expõe seus subordinados até mesmo para o seu superior, não rouba descaradamente ou discretamente os méritos de seus funcionários. Já o péssimo líder gosta de puxa-sacos, promove e dá corda a esta corja. O péssimo líder erra na contratação, pois ele esquece da capacidade do entrevistado e quer saber qual a formação e procedência dos pais. Aquilo que hoje chamam de politicagem dentro de uma empresa, eu chamo de sem-vergonhice, e aquela que dá para se promover me causa náuseas.

Todos riram, muitos envergonhados fizeram uma autocrítica, se certificando de que ainda haveria tempo de se reabilitar em, pois Marcondes inconscientemente havia pegado no calo de alguém dali. Aliás, no calo de muitos dali.

— Por que o senhor não dá palestra a respeito do que acabou de nos dizer? — perguntou um jovem.

— Quem sabe — respondeu ele gostando da idéia. — Mas não sei se surtiria efeito, pois o tipo de gente que citei não ouve a voz da razão, prefere viver no medíocre mundo da falsidade. Por incrível que pareça a humanidade moderna mede o valor de um homem pelo que ele possui.

Marcondes conferiu seu relógio e se levantou.

— Sr. Marcondes, muito bonita sua história, e concordamos com tudo o que acabara de dizer; mas por favor, antes de entrar nos fale sobre as mulheres novamente — solicitou outro rapaz.

Marcondes sorriu, todos sorriram com ele, se sentou novamente e começou:

— Mulheres — estejam elas onde estiverem, ou sejam elas quem forem, sempre serão...

Ele concluiu o que pensava a respeito das mulheres, muitas jovens diziam nunca ter ouvido nada mais bonito, outros diziam que aquilo todas as mulheres do mundo deveriam saber, ele por sua vez ria com prazer desses comentários. Deu as boas-vindas a Diôni; em seguida, exausto, foi dormir.

Devido à ansiedade nem Diôni nem Diana dormiram bem naquela noite; os dois acordaram cedo, e antes de saírem da cama pegaram o telefone para se falarem. Diana pensou em ligar, mas ao digitar o primeiro número o celular tocou e: "Diôni" apareceu no visor.

— Bom dia, princesa.

— Oi, meu amor, já estava morrendo de saudades — Diôni vibrava, a mulher de seus sonhos sentindo sua falta, menos de doze horas depois ela confessando que estava com saudades.

— Eu também. Parece uma eternidade essas horas que estamos longe; podemos nos ver hoje?

— Devemos, preciso de você aqui, Diôni — respondeu ela com convicção. De repente um silêncio, um silêncio moderado, que foi quebrado por confissões.

— É, eu sei, devemos — um novo e mínimo silêncio. — Diana, talvez seja cedo para te dizer isso, talvez não seja tão apropriado falar ao telefone, mas tenho que te confessar, você é a mulher mais importante deste mundo, meu universo se resume em você, meu mundo gira em torno de você, saiba que é a pessoa mais importante e amada deste mundo, a mais linda também. Confesso que estar ao seu lado é um sonho de que não quero acordar, não existem limites ou distância que eu não enfrentaria para estar com você, se hoje posso dizer que nada falta em minha vida é porque você faz parte dela. Tu, guria, és a base de minha vida, és tão importante para a minha vida quanto o ar. Só você é capaz de desvendar os meus mistérios, só você tem o poder de arrancar os meus segredos. No universo, no meu amplo universo, só você existe.

Diana ficou emocionada com aquela declaração, confiava seus sentimentos a Diôni como se o conhecesse há muito tempo.

— Que lindo, Diôni — sua voz ficou amarrada. — Estou sem palavras.

— Não chore minha princesa, as mulheres lindas não podem chorar, não é permitido que o amor e as lágrimas se confrontem em um relacionamento.

— Me desculpa — disse ela tentando se recompor.

— Não há o que desculpar, mas há muito a agradecer, principalmente a Deus que nos faz sonhar com algo e põe apenas em nossas mãos a capacidade de realizar nossos sonhos ou não. Agora vejo que não existem sonhos impossíveis, que tudo o que está longe a mão de um homem pode alcançar, mas tudo o que está perto também pode escapar, evidentemente ficaremos perto, cada vez mais perto, a distância não mais existirá entre nós, quero estar por perto, quero estar com você hoje, amanhã e sempre.

Despediram-se depois de algum tempo. Diôni desceu à cozinha naquela manhã de domingo, estava faminto, algo que há muito não acontecia. Na cozinha estava Giovana tomando café e confessando suas decepções à empregada e amante de seu marido.

— Bom dia! — disse Diôni ao entrar na cozinha, dando um beijo em Giovana.

— Bom dia! — respondeu ela. — Afinal o que aconteceu? Por que tanta alegria? — Giovana estava feliz em ter o filho de volta.

— Aconteceram muitas coisas, a vida de agora em diante será outra.

— Certamente ele arrumou uma namorada, d. Giovana. — disse a empregada Cristina.

— Não é uma namorada, Cristina; é "a namorada", Cristina.

— Bom, não quero atrapalhar, pode falar tudo para sua mãe, conte tudo a ela que ela está precisando ouvir bons acontecimentos. Dêem-me licença.

— Ela é um amor — disse Giovana.

— Não sei, meu contato é mínimo com ela.

— Então, meu filho, conte-me o motivo de tanta alegria.

— Vou lhe contar tudo minha mãe, tudo mesmo, encontrei a mulher mais linda deste mundo...

Capítulo IX

Cinco meses se passaram. Diôni se revelara um outro homem, o tempo ruim passou a não existir mais, tivera êxito nos estudos, se interessou em trabalhar, às vezes com Mário, outras vezes sem, nos atacados de seu avô. Marcondes passou a vê-lo sob uma ótica mais realista que o comum, com um ímpeto ainda maior de orgulho. Diôni estava entendendo os negócios, Marcondes se orgulhava de ver seu neto daquela forma; o jovem falou de Diana para Giovana, mas não revelou seus sonhos de tanto tempo, mas saber sobre Diana já era motivo suficiente para Giovana compartilhar da alegria do filho. Diôni contou a Marcondes sobre Diana, na íntegra. "Eu já sabia que ela estaria na cidadezinha, já sabia que ela estaria em Cruzeiro do Sul, era só associar os fatos." Diôni não se importou em ouvir aquilo, embora tenha aceitado muito desconfiado.

O jovem conheceu Augusta; era uma mulher muito bonita, sempre com ar de atarefada. Diôni em Maringá ligava para Diana a cada vinte minutos ou menos, mais que isso nunca; se viam a cada dois dias, mais que isso jamais. Os setenta e dois quilômetros que separavam Maringá de Cruzeiro do Sul eram quase quinhentos para Diôni, e a hora para percorrer este trajeto era quase um dia para Diana. Viviam o feliz sonho que é a realidade, saíam, faziam declarações, juras de amor, em alguns fins de semana Diôni dormia na casa de Diana, quando tinham a noite toda para conversar era como se sempre houvessem pertencido um ao outro; Diôni dormia e acordava no quarto de visitas, um dia quase se encontrou com o pai da jovem. "Ele acabou de sair, ficou apenas um dia, foi dormir no quarto de visitas, mas acordou no quarto de minha mãe" — Augusta corava.

Os encontros com Diana eram iguais aos sonhos do jovem: ficavam na praça, eram observados, saíam da praça, eram observados e caluniados. Um dia pararam em frente do prédio onde Marcondes dera início aos seus negócios, aquele prédio fascinava tanto a Diôni que Diana o advertia todas as vezes que se deparavam com a construção. Era como nos sonhos do rapaz. Quando estavam juntos, ambos queriam imobilizar os dias de forma que nunca acabassem. Diôni já estava familiarizado com Augusta, uma mulher que se submetera a morar sozinha desde jovem; desencantou-se com os homens quando conhecera o pai de Diana, o homem que lhe fizera juras e promessas de amor e, no entanto, quando ela engravidou, sumiu, simplesmente desapareceu.

Reapareceu meses depois, quando faltava um mês para a menina nascer. Augusta enfrentou a conturbada gravidez sozinha, sozinha e humilhada por seus pais; quando a criança nasceu, o homem a ajudou financeiramente, achava que aquilo era o suficiente, mas não era, não para Augusta. Quanto à menina, adorava o pai; como Diana gostava dele, pai que aos poucos fora perdoado por Augusta e que ainda desfruta do corpo da mulher sempre que estão juntos. Augusta ainda o ama, muito, mas o seu silêncio é seu conforto e consolo.

Diôni se tornou outro homem, semelhante àqueles que esperam algo por tanto tempo, até que um dia são contemplados: aí é só alegria, a realização de um sonho é tão doce quanto o mel. O segredo é não desistir jamais. Diôni comprou uma guitarra, tocava todos os dias, pensava em tocar para Diana; compôs até uma música, fez letra e melodia:

O Que fazer?

```
           D        G              D
             O que fazer para te esquecer?
                    G          D
            E o que dizer para a solidão?
             A                 G          D
   Temos tantos planos, temos pena da nação - 2x
                    G          D
           Qual é a nota para o governo?
                G           A   D
       O progresso é não entrar em desespero
                         G         A         D
    Refrão: E o que se passa na cabeça das pessoas?
              A             G           D
         Qual é o limite, se existe compaixão?
               G    D              A            D
      Para a paz diga sim, para a violência diga não.
                G            D  A
         E se viver na casa velha, na miséria
                      G         D
                Já não fosse obrigação
          G        D              A           D
  Não é verdade, a verdade é que só "Deus" é a solução.
```

"Ficou muito boa, uma ótima critica social; como toco mais ou menos; mais para menos do que para mais, e canto mal à beça, vou deixar esta música exposta; quem sabe algum profissional se interesse", pensou o jovem que estava sob os efeitos de sua nova vida.

Diôni vivia com um humor implacável, queria apenas tirar a limpo a única dúvida que lhe restava. Foi conversar com o jardineiro.

— Bom dia! Não se assuste que serei breve.

— Bom dia! Se não for breve, vou deixá-lo falando sozinho.

— Estou precisando de uma chave de fenda, será que tem alguma aí na casa onde guarda as ferramentas? — o jardineiro corou.

— Tem, tem sim — balbuciou ele. — Vou pegar.

— Não, pode deixar que eu pego — Diôni se lançou à frente do homem, lá dentro conferiu o que já desconfiava: caixas de ferramentas bem organizadas e um colchão de solteiro desarrumado. Encarou o jardineiro que suava, suava muito, como suava. Diôni foi se retirando do lugar a passos lentos.

— Pegue a chave de fenda, por favor — ordenou ele —, o homem na velocidade de um raio fez o que o jovem pediu, entregou em mãos.

— Obrigado. Qual é mesmo o seu nome?

O homem ficou em silêncio por algum tempo, cabeça baixa.

— De nada. Meu nome é Edgar senhor, Edgar. Precisa de mais alguma coisa?

— Muito obrigado, Edgar. Muito obrigado mesmo — Diôni se aproximou do homem e disse baixinho:

— Cuidado Edgar, muito cuidado, você e minha mãe, tenham muito cuidado. Não comigo, mas com meu pai e a empregada; tenham muito cuidado.

— Pode deixar — disse Edgar em um meio sorriso e de pernas bambas.

Diôni foi se encontrar com Hêndreas: os bons e velhos tempos de amizade retornaram. Embora freqüentassem a mesma faculdade, os dois não se viam, pois Diôni meses antes não conseguia ver nada ao seu redor; não via nada — fosse longe ou próximo de seus olhos. Marcaram um almoço. Cumprimentaram-se, tapinhas nas costas para enfatizar o cumprimento. Acomodaram-se em uma das mesas, o prato já estava combinado. Hêndreas já foi revelando as boas novas — novas, porém previsíveis.

— Vamos nos casar, Priscila e eu.

— Cuidado, Hêndreas — advertiu Diôni —, conviveu fodeu, lembra-se das falas do velho Marcondes? — os dois riam até.

Hêndreas falava da lealdade e do maravilhoso desprendimento de Priscila, e que ambos sentiam uma profunda corrente emocional que fluía entre eles.

— Além do mais, Diôni, Priscila é linda — completou ele.

— Não há como discordar disso. O velho Marcondes diz que a beleza interior faz transparecer a beleza exterior, sendo feio o interior, a beleza exterior é ocultada.

— Marcondes e suas verdades.

— Deixa eu te contar. Ele mandou outra pérola: disse que "toda mulher feia tem que ser no mínimo boa gente, isso é o mínimo, uma mulher feia tem que ser no mínimo legal". E completou dizendo que "toda mulher bonita é chata e cheia de defeitos aos olhos daquelas que estão à sua volta". Mas advertiu: "Não generalize isso, devem existir uma ou duas entre milhões que não se importam com a beleza alheia".

Diôni falou de outras diversas pérolas que Marcondes soltava:

Velhice: "Quem faz sua idade é você; o corpo envelhece, mas o espírito não. O espírito só amadurece, em determinada idade é bom ter cuidado para não deixá-lo apodrecer".

Inimigos: "Melhor que não tenhas, mas se tiver, ame-o e queira sempre o seu bem; mas não é necessário que ele saiba que você tem este sentimento por ele".

Número de parceiros das mulheres: "Uma mulher pode transar apenas com um homem durante toda a vida, mas se ela conhecer o segundo vai querer conhecer o terceiro; ela pode transar pelo resto da vida apenas com o terceiro, mas com o segundo jamais".

— Não acredito que perdi tudo isso — disse Hêndreas lamentando o caso —. Preciso fazer uma visita ao seu avô... É uma figuraça aquele homem, não me esqueço das viagens que ele disse ter feito com dois amigos, saíram do Sul para o vasto Brasil, sempre falando das mulheres; você pensa que ele vai falar dos lugares bonitos, das praias, dos cartões postais, mas não, ele é fascinado pela beleza feminina, "em Porto Alegre, as mulheres são as mais belas", dizia ele: "Estar em Porto Alegre é se sentir em outro país, mas com mulheres brasileiras, e no Rio, no Rio de Janeiro nem se fala, como são lindas as cariocas; no nordeste aquela mistura de raças faz delas as jóias mais maravilhosas".

Hêndreas relembrava uma das histórias de Marcondes com o maior entusiasmo.

— Mas o mais engraçado foi ele dizer que em Goiânia não quis dirigir o carro que alugaram. "Pois lá certamente eu bateria no primeiro poste. Lá eu não dirigi, é impossível dirigir em Goiânia, são tantas mulheres bonitas que eu me distanciei do volante, só queria olhar, registrar tudo em minha memória."

E naquela cidade do interior de São Paulo, qual era o mesmo o nome?

Os dois ficaram tentando lembrar, se olhavam, forçavam a memória, não conseguiam, quase desistindo... até que:

— Indaiatuba — num estalo relembrou Hêndreas — "Naquela cidade também, como são lindas as indaiatubanas, recomendo, quando puderem ir pra lá vão, porque a cidade é maravilhosa, e as mulheres, as mulheres nem lhes falo... falo sim: são lindas".

— Hêndreas e Diôni se divertiam ao relembrar tudo aquilo.

— "E Maringá, aqui em Maringá estão as mulheres mais bonitas do Brasil, pra dizer a verdade o Brasil no geral é feito de gente bonita, seja de Norte a Sul ou de Leste a Oeste. Prestem atenção: estou falando das mulheres, pois os homens não possuem beleza, o máximo que posso dizer a respeito de um homem é 'boa pinta', esse é o meu máximo em relação a um homem relativamente... boa pinta, bonito jamais. Por isso, nunca se espantem em ver uma mulher extremamente linda ao lado de um homem feio, porque todos os homens são, e já que as mulheres lindas sempre estarão ao lado de um homem feio, que este feio seja você."

— Caramba! Aquele Marcondes realmente é uma figuraça! Hêndreas continuou a relembrar, havia aprendido todas as falas de Marcondes, lembrava tudo.

— "A mulher mais linda que vi em toda minha vida foi na cidade de Osasco." Aquela, sem sombra de dúvida, mexeu com o velho, velho não, naquele tempo ele ainda estava na casa dos trinta.

"Excluindo a mulher com que ele sonhava, pode até ser" — pensou Diôni.

— Às vezes Diôni, fico pensando: como ele organiza seus pensamentos para falar de tantos assuntos? Deve ter uma caderneta onde anota tudo. Sobre qualquer assunto, Marcondes está de prontidão, vai contra o que supostamente aprendeu, diz coisas novas, mas o certo é que ele não abre mão daquilo que fala, vai até o fim defendendo aquilo em que acredita, o homem tem uma invejável opinião formada.

Diôni concordou com a cabeça.

Os dois rapazes conversaram, conversaram muito, ficaram conversando por toda a tarde, nenhum dos dois voltou a trabalhar, discutiram sobre diversos assuntos, relembraram a infância, os tempos de escola, inusitados episódios, relembraram como Hêndreas e Priscila se conheceram.

Hêndreas e Priscila faziam parte de uma turma de bate-papo pela internet, mas nunca se falaram pessoalmente. Diôni e Priscila se conheceram na faculdade em virtude de um acidente, ele havia em seus devaneios esquecido um livro sobre um balcão, Priscila o avisou, ele agradeceu e começaram uma conversa. Naquele momento, Hêndreas se aproximou dos dois, mas nem Hêndreas ou Priscila sabiam que conversavam através da internet, pois ela usava o nome de Jaqueline e ele Fábio. Diôni os apresentou, Priscila era extremamente tímida, tímida até demais.

Hêndreas às vezes conversava com Priscila na faculdade, mas ela se afastava sempre que o via se aproximando. Mas o incrível era que ambos se falavam pela internet todas as noites depois da faculdade, pertenciam a uma turma que se falava por bate-papo. Todo esse pessoal resolveu se encontrar em um bar para se conhecer pessoalmente, Priscila não foi de vergonha; Hêndreas foi em todos os encontros, Priscila em nenhum. Nesses encontros Hêndreas gostou de uma garota, se encantou realmente, Priscila soube e ficou decepcionada, Hêndreas a questionou várias vezes por que não havia ido aos encontros, e ela usava as mais diversas desculpas, saindo sempre pela tangente. Com o tempo, Priscila conheceu um vizinho de Hêndreas na internet, começaram a sair, Priscila não se entusiasmava com o jovem, que tinha apenas um humor impecável, mas de resto...

A jovem com quem Hêndreas saía não queria nada com nada, em uma festa ela beijou vários rapazes na frente dele; Priscila ainda saía com o "sorriso", mas logo se encheu, deu um basta ao relacionamento. Nos bate-papos da vida, aquela turma que resistia ao tempo resolveu ir ao cinema. Os recém-separados Priscila e Hêndreas também foram, lá se conheceram e ficaram surpresos em descobrir quem era quem. Conversaram, assistiram ao filme juntos, o calor se apossou dos dois — Hêndreas a levou embora, em frente da casa dela deram o primeiro beijo.

O vizinho de Hêndreas, "o sorriso", ficou ferrado da vida com ele e com ela, nem os cumprimenta mais; eles não se importaram com isso também, a jovem que humilhou Hêndreas na festa ficou sabendo dos dois e disse que estava decepcionada com ele, também virou a cara, a turma de bate-papo se desfez, Hêndreas e Priscila vivem há muito tempo juntos, ela é uma verdadeira pérola, linda de morrer e inteligente à beça. Os jovens pensam em se casar, mas temem de certa forma isso: "Conviveu, fodeu"; compreendem as diferenças, se amam enquanto namoram, por ambas as partes a única forma de nunca perdoar é a uma traição — daqui em diante eles não aparecerão mais.

Capítulo X

Mário encarava com uma enorme estranheza as atitudes de seu filho nos últimos meses. "Estarão ele e Giovana querendo me derrubar? Querendo o meu lugar? Ou pior, Marcondes e Giovana estarão pedindo para Diôni me observar, usando meu próprio filho? Será que Marcondes, Diôni e Giovana estão querendo me dar uma rasteira, o que estão tramando? Estão querendo me expulsar da família e colocar Diôni em meu lugar? Filhos-das-putas, vou derrubá-los antes, estão fodidos em minhas mãos! Principalmente aquele velho desgraçado, quer ficar contando história enquanto eu me fodo todo para ele desfrutar dos lucros que esta porra dá, o dele está guardado, deixa ele comigo." Planos maléficos rondavam sobre a cabeça podre de Mário, teria que tramar algo para derrubar seus próprios familiares. Por outro lado pensou: "Deixe as coisas rolarem, tenho dinheiro o suficiente devido os canos que dei naquele velho gagá".

Ninguém queria o lugar de Mário, quase ninguém queria nada contra Mário Dionizio. Ô nominho feio.

Diôni combina com Diana que a levará para Maringá, em sua casa. Almoçarão com sua mãe, pai e avô. Antes o jovem pediu para que Marcondes fosse almoçar em sua casa em um dia de domingo; ele concordou, queria mais do que nunca conhecer Diana. Giovana ficou entusiasmada com a idéia; Mário, o receoso Mário, também concordou. "O que estarão tramando?"

Diôni saiu pela manhã para buscar Diana. Na casa ficaram Mário, Marcondes e Giovana, a empregada Cristina também, preparando o almoço, o inesquecível almoço que estava para acontecer. Os três na sala totalmente desconfortados, Giovana olhava lá fora e o jardineiro trabalhava, Mário olhava para o jardineiro também, jardineiro que sumiu de vistas quando notara que estava sendo observado.

No caminho Diôni ansiava em buscar a jovem, se falaram por volta de cinco vezes pelo telefone; naquele mágico momento, Diôni passou pelo lugar onde pensara em se matar um dia, lugar que reconheceu de imediato quando voltou a si. Pensou no sonho que tivera, também havia sonhado em buscar Diana para apresentar a seus familiares: "Verdade, verdade mesmo, sonhei com isso que está acontecendo", pensava ele. Chegou à casa da jovem, ela estava sozinha; ela o convidou para entrar, começaram a se beijar na sala, começaram a se tocar, começaram a se despir, e se amaram no quarto de Diana, na cama de Diana, se amaram como em um dos sonhos de Diôni: ela realizada e feliz, pois Diôni correspondera às suas expectativas, a todas elas.

Partiram os dois para Maringá. Giovana, Marcondes e Mário estavam um pouco impacientes. "Estão demorando", disse Giovana. "E muito, estão demorando muito", respondeu Mário. "Deixem eles, o almoço nem está pronto ainda", retrucou Marcondes. "Vai tomar no cú velho do caralho", pensou Mário. "Já estão chegando", informou Giovana, depois de falar com Diôni ao celular.

— Nossa Diôni, que casa bonita. Um ponto de táxi quase em frente, tudo muito prático se vocês não tivessem carro, não é mesmo?

O carro ultrapassou a linha do portão e já se encontrava dentro do quintal; o jardineiro cumprimentou Diôni, que acenou. Diôni apontou para uma janela mostrando que lá era seu quarto;

Diana nada respondeu, mas mordeu o lábio inferior, que significava uma resposta muito boa e sacana.

Diôni desligou o carro.

Mário foi ao banheiro dar uma conferida na aparência, foi na cozinha na esperança de que a raiva de Cristina houvesse passado; enganou-se: fodido está o homem que fere a moral de uma mulher. Embora tenha tentado se reconciliar, Mário compreendeu isso no momento em que deixara de ver Cristina naquele quarto de hotel.

Diôni deu a volta pelo carro e foi abrir a porta para Diana.

Giovana e Marcondes se levantaram dos assentos e aguardavam os dois entrarem.

Cristina levava uns amassos forçados de Mário na cozinha, Mário desistiu quando enfim ela pegou no cabo de uma panela pedindo para que ele ficasse distante.

Diôni e Diana entraram, Giovana e Marcondes ficaram deslumbrados com a beleza da jovem, era uma mulher de extraordinária beleza.

Abraçaram-se, foram calorosos os cumprimentos.

— Onde está meu pai? — perguntou Diôni.

— Aqui, filho — respondeu Mário entrando na sala dotado de espírito social.

Diana de olhos arregalados, assustada, tão assustada que parecia estar diante de um monstro, um horrível monstro, um horrendo monstro, o mais assustador que poderia haver no mundo.

Mário de olhos arregalados, assustado, tão assustado que parecia estar diante de um monstro, um horrível monstro, um horrendo monstro, o mais assustador que poderia haver no mundo.

— Diana este é meu pai, Mário. Pai esta é... O que houve com vocês? — Diôni, Giovana e Marcondes estavam sem entender por que Mário e Diana estavam petrificados. Cristina observava tudo. Edgar também.

Mário engolia seco, Diana começara a chorar.

— Vocês estão de sacanagem comigo? — perguntou ela aos prantos. — Ele é o seu pai?

— Sim, ele é meu pai, por quê?

Mário sabia que naquele momento iria suceder uma desgraça.

Diana abafou a boca com as mãos, chorava, gritava, pulava de dor, comprimia o rosto com as mãos. Marcondes e Giovana nada entendiam, Mário mudava de cor a cada instante, mas não encontrava nenhuma a que pudesse se adaptar àquele ambiente.

Ali estava Mário: o camaleão.

Cristina ria sem entender. Edgar, movido por uma força, também os espreitava lá de fora.

Diana ficou em silêncio, colocou as mãos nos olhos.

— Fala alguma coisa pelo amor de Deus — disse Diôni reivindicando uma explicação. Lembrou-se do último sonho que tivera com Diana, onde ela saíra correndo de sua casa pegando um táxi e indo embora. "Não, isso não, pelo amor de Deus, não", pensou ele.

Diana, com todas as forças, tentava ficar de pé. Mário agora era o sem graça Mário, o fodido Mário.

— Ele também é o meu pai. Ele é o Mário Dionizio, o meu pai, o homem que sempre me disse que vivia em Curitiba, o homem que me disse que nunca tivera outro filho, nunca tivera uma família, o homem que me pedia desculpas quando eu lhe implorava para viver com minha mãe: "Prefiro a solidão filha, mas estarei sempre por perto". Esta farsa é meu pai, endereço de Curitiba, carro com placa de Curitiba, tudo bem planejado desde que eu nasci. "Olhe para mim" — Mário não conseguia. — "Olhe para mim!" — berrou Diana. — "Olhe para mim e saiba que perdi minha virgindade com meu próprio irmão! Você não tinha este direito, você não tinha o direito de estragar nossas vidas com suas mentiras!"

— Meu Deus! — disse Giovana.

— É verdade isso?! — perguntou Diôni olhando bem nos olhos de Mário. — É verdade, me diz, é verdade? — descontrolou-se o rapaz. O silêncio de Mário era a resposta que todos esperavam. Diôni tentou impedir que seu rosto denunciasse o choque que levara.

— Abram aquele portão, vou embora daqui. Abram aquele portão, pelo amor de Deus abram aquele portão que vou sair daqui! — suplicava Diana.

— Calma... — tentou dizer Giovana.

— Que calma, eu quero ir embora! — era como se Diana estivesse possuída. Ela saiu em disparada rumo ao portão que se levantava, o portão que era aberto por Cristina.

Diôni tentou ir atrás, Marcondes e Giovana também, e o portão se fechou — Cristina fechou o portão. Os três olhavam a jovem pegar o táxi e sair. Foi como o último sonho de Diôni.

Mário ficou imóvel na sala, nunca imaginaria que Diôni fosse encontrar Diana, acreditava veemente que seu segredo jamais seria descoberto, que uma vez por mês iria ficar com sua filha e Augusta na cidadezinha. Enganou-se Mário, subestimou o destino, o mesmo que prega peças no homem, aquele que não se submete ao controle dos homens, que não fica cem por cento à mercê das vontades ou desejos de um indivíduo.

Mário voltou a si quando percebeu que Giovana, Diôni e Marcondes voltavam à sala; ele não tinha coragem de olhar nenhum dos três nos olhos, por outro lado todos queriam olhar em seus olhos, todos exigiam explicações. Como, quando, por que fizera todos de bobo?

Estavam os quatro na sala, um silêncio, um constrangedor silêncio pairava no ar; Mário olhou em volta de si, inseguro. Cruzou com os olhos vermelhos de Diôni, olhos que exalavam ódio, um ódio imenso por sinal; dadas as circunstâncias, Mário queria se manter sereno, mas nem mesmo ele era capaz de tal proeza.

Mário de pé tentou sair da sala, parecia que uma força invisível e constante o fazia se afastar. Esperava ele que o silêncio total à volta das circunstâncias faria tudo voltar ao normal, para ele qualquer esperança absurda valia.

— Pelo amor de Deus — gritou Giovana, já dominada pelo choro —, não seja mais covarde do que é! Sente-se Mário, nos explique tudo, tudo mesmo! Diana é a única filha que tem? Ou podemos esperar por mais surpresas?

Mário voltou os olhos sobre o ombro trêmulo, fixando-os, engolindo a seco, não conseguia pôr seus pensamentos em ordem; queria ele ter uma voz clara, para conseguir discutir as questões decisivas que o cercavam. Era impossível. Passou a pensar que o mais racional a fazer seria sacrificar tudo. "Pedir perdão" — uma esperança mínima e remota. Isso seria uma decisão desesperada.

— Não há o que dizer, já sabem de tudo. Não vou me explicar, queria que me perdoassem, se possível.

Mário tentava suavizar o choque, mas piorou tudo. Giovana deu uma longa gargalhada, Diôni cerrou os dentes e os punhos, Marcondes falou:

— Tão infeliz o que acaba de nos dizer; posso afirmar que é o mesmo que perguntar ao parente de um morto se está tudo bem, estando bem diante do caixão.

Mário sorriu irônico. Cristina observava tudo, rindo muito. Edgar se aproximou para ouvir tudo com maior clareza.

— Sempre imaginei, Mário, mas não acreditava que você chegaria a tal ponto. Nunca percebi o quanto estava me traindo, dediquei-me a você, ao nosso filho, sempre tentei levar em conta o lar, abri mão de minha vida para viver essa farsa, e você, você formando família fora de casa? Diana deve ter meses de diferença da idade de Diôni. Como pôde fazer isso?

Giovana tinha a aparência acabada, cansada, pior que a velhice. Tudo fora um choque muito forte. Diôni soluçava, olhos vermelhos, porém sem lágrimas. Mário deixava que suasse todo o seu desconforto, demorava a responder, pela primeira vez sentiu vergonha em sua vida, pela primeira vez se sentiu desprotegido.

Ali estava Mário: o coitado.

De repente, Cristina irrompeu na sala como uma rainha. Os presentes estranharam a audácia daquela jovem: uma ousadia desnecessária. Cristina começou a chorar, sentou ao lado de Giovana, procurou conforto nos ombros da patroa. "Mais essa, o que mais estará acontecendo?" — pensou Marcondes. Mário estava a ponto de cambalear.

— O que foi, o que está acontecendo? — perguntou Giovana à jovem, à cínica jovem.

— Estou grávida — respondeu aos soluços. — Mário gelou ainda mais.

— O que há de errado nisso, Cristina? Por favor, me aguarde na cozinha, assim que puder vou até lá para conversarmos.

— Não posso, tem que ser agora d. Giovana! Estou grávida, você tem que me ajudar! Estou grávida do seu Mário! Desculpe-me, d. Giovana, me perdoe pelo amor de Deus, eu não queria, mas precisava do meu emprego. Rendi-me devido às ameaças, podia muito bem ter lhe contado, mas tive medo d. Giovana, muito medo — Cristina estava em desespero, chorava feito uma criança.

Ali estava Mário no chão, Mário: o nocauteado.

— O quê? — disse Giovana empurrando Cristina para o lado. — Grávida de Mário?! Como pôde fazer isso?

— Me desculpe d. Giovana, me desculpe pelo amor de Deus...

Diôni não conseguia entender nada, Marcondes muito menos. Mário, então, não sabia o que fazer ou dizer para aquelas pessoas, não havia como dar explicações, não tinha o que explicar. Também não esperava pela traição de Cristina. "Essa vaca sempre me disse que tomava remédio, desgraçada."

Giovana encarava Mário, Marcondes o encarava, fazia gestos com as mãos pedindo explicação, Diôni ficou de pé pronto para um possível confronto de braços; Cristina o olhava com ironia. "Venci, venci você, nada de passagem aérea viu, nada de vôos, nada de cuzinho."

Mário nada dizia, todos esperavam por respostas, Mário olhou para um lado, olhou para o outro e irrompeu em disparada rumo à garagem, uma velocidade incrível, sua carteira lhe escapou das mãos, caiu aberta no chão, visível se encontrava uma foto de Diana, a mesma que Diôni havia visto há muito tempo atrás, ele a pegou atrapalhado e partiu.

— Amanhã venho buscar minhas coisas — gritou.

Ali estava Mário: o maratonista.

Cristina foi aos prantos para a cozinha, Marcondes voltou para sua casa, Diôni foi para o seu quarto, o inferno estava de volta. Giovana foi conversar com Edgar, achando que o que tinha a dizer seria novidade, o refúgio era a casa de ferramentas e seu consolo, os braços do jardineiro.

No dia seguinte ninguém havia superado o choque do dia anterior. Depois do desespero, todos queriam ter a vida de volta; menos Diôni, claro, que vivera apenas poucos meses de uma vida de vinte e tantos anos.

Logo de manhã, Diôni consultara o número de Diana na agenda de seu celular; queria resistir, mas não conseguiu, apertou a tecla para efetuar a chamada: caixa postal. Recorreu ao número da residência. Pediu chamada, mas antes que tocasse desligou. Diôni estava com olheiras, fez uma segunda chamada, antes do segundo toque desligou novamente. Acendeu um cigarro, buliu no celular, não resistiu, ligou para a residência de Diana. Augusta atendeu, ele desligou. Tentou novamente: "Alô", disse Augusta. Diôni desligou. Na terceira tentativa: "Alô" — um alô triste de voz suave, Diôni não conseguia falar, "alô" — disse Diana novamente. "Oi" — respondeu Diôni, um "oi" inaudível, mas perceptível ao ouvido da jovem.

— Oi — disse ela, começando a chorar. Augusta observava e sofria com a angústia da filha.

— Queria conseguir, mas não resisti — murmurou Diôni do outro lado da linha. Um silêncio se sucedeu.

— Diôni — respondeu Diana, aos prantos e soluços —, não podemos, não podemos Diôni, somos irmãos, irmãos que não podem conviver, o nosso amor não é de irmão, você sabe disso, nós sabemos disso; sei que é uma dura realidade, mas por favor, não me ligue mais. Vamos viver como se nunca tivéssemos nos conhecido, viver como se nunca tivéssemos vivido o que vivemos — Diana proferia aquelas palavras com uma dor imensa, uma imensa dor.

Diôni não suportava ouvir aquilo; uma lágrima lhe percorreu pelo rosto. Um silêncio se sucedeu entre os dois novamente, inaudíveis soluços de um lado, inaudíveis suspiros do outro.

— Tchau, meu irmão. Não ligue, por favor, nunca mais.

Emudeceram ambas as linhas, Diana nos ombros de Augusta, Diôni sentado na cadeira de seu quarto acendendo outro cigarro, mãos atadas ao destino, não restava nada a fazer. Diôni compreendia a atitude de Diana, compreendera isso no momento em que a vira entrar no táxi. Diana sofria, sofreu no táxi, chorou de Maringá à Cruzeiro do Sul, foi grossa e estúpida com Augusta, imaginara de imediato que sua mãe fosse cúmplice de Mário, mas a jovem estava enganada. O celular, o único contato que Augusta tinha com Mário, também era de Curitiba, Augusta nada sabia da vida daquele que acolhera em seu coração.

Diana se desculpou, estava desesperada, seu desespero foi compartilhado com sua mãe, mãe que estava sempre presente, que acompanhava todos os passos da filha, mãe que deixou a casa porque a filha confessou que estava pronta para se entregar a Diôni; nisso sim, ela compartilhou.

Giovana logo pela manhã começou seus contatos. Ligou para Mário, ele atendeu, fechou com ele um horário para vir buscar suas coisas, ele sem objeção, pianinho, pianinho concordou. Segunda ligação: queria Marcondes em sua casa quando Mário viesse buscar seus pertences, ele concordou também. Enquanto Diôni estava no banho, Giovana anotou os dois telefones, celular e residência de Diana. Ligou para ela, Augusta atendeu, pediu para falar com Diana, que não queria conversa, insistiu Giovana, explicou a importância e a gravidade do que estava prestes a acontecer, queria que Diana viesse sozinha a Maringá em tal horário; a princípio, ela disse não. "Por favor", suplicou Giovana. "Preciso que venha, por favor, só não posso te adiantar nada ao telefone, mas, por favor, Diana, por Deus, preciso de você aqui nesse horário, peço para um carro te buscar." Diana por fim acabou concordando, se rendeu à persuasão de Giovana; a jovem imaginava que Diôni estava por trás de tudo aquilo. Diôni saiu do banho, Giovana disse que ele deveria sem falta estar na sala em determinada hora; ele apenas assentiu com a cabeça.

A mulher foi prestar contas com Cristina; a cretina, quando notou que Giovana se dirigia à cozinha começou a chorar, se debruçou sobre a mesa chorando, em silêncio a princípio, era uma incontestável boa atriz, era esperta, conhecia a fragilidade do coração da sua patroa, continuava a chorar. Giovana a viu daquela forma, desprotegida e arrependida, vítima de Mário, vítima da necessidade do salário, vítima de se render a alguém para assegurar o ganha pão do fim do mês; Cristina olhou para Giovana, não tinha coragem de fixar os olhos na patroa — Giovana só sentia pena; raiva que nada, rancor jamais, só sentia pena da cretina. Giovana era o perdão em forma de gente, perdoaria quase todos deste mundo — menos é claro, Mário: o vacilão. A mulher puxou uma cadeira e se sentou ao lado da empregada, passou as mãos nos cabelos dela, a abraçou, Cristina começou a chorar intensamente, chorar alto no ombro que lhe dava consolo. "Me desculpe, d. Giovana, me perdoe, eu não queria, não queria, me perdoe", dizia a jovem aos soluços. "Calma minha filha, calma, tudo vai acabar bem, não fique assim, pode ser prejudicial para o bebê, tudo irá ficar bem; lhe prometo, viu, cuidaremos bem de você e de seu filho, tudo vai ficar bem." Esclarecido o episódio, Giovana se retirou.

 Giovana pela primeira vez estava decidida a fazer algo por ela, a fazer algo pela vida, por sua vida e daqueles que estavam ao seu redor. Ela suspirava: "coragem, coragem Giovana, agora não há mais tempo, vá até o fim mulher, resolva tudo, abra o jogo", pensava ela duvidando da própria coragem. Se ela julgasse que havia cometido um erro, então estaria prestes a consertar. Giovana estava todo o tempo impaciente, foi ao jardim que já estava pra lá de bom, grama e flores impecáveis, disse para Edgar não sair, que queria falar com ele a certa hora, ele nada respondeu.

 A hora estava chegando. Giovana pediu para Cristina lhe preparar um calmante, queria manter o controle; um calafrio lhe percorreu a espinha quando Marcondes entrou em sua casa, frio maior quando avistou o carro trazendo Diana. Marcondes cheio de interrogações em seu olhar. Diana, desconfiada, desceu do carro, na sala cumprimentou Marcondes e Giovana; aliviada por não ver Diôni se acomodou no sofá, Marcondes fez o mesmo; Giovana, impaciente, estava fria, tomou o remédio que certamente não surtiria efeito de imediato. "Coragem mulher, coragem!", disse a si mesma. Os passos de Diôni foram ouvidos, Giovana foi ao encontro dele, Diôni lhe estendeu a mão.

— Senta ali meu filho, ali, ao lado de...

Diana. Diôni a viu sentada no sofá. "O que era aquilo, estaria Giovana ficando louca?"; "Queria ela deixar os dois jovens mais apaixonados diante de um amor que nunca poderia se consumar?"; "Sabia ela o que estava fazendo? Ou o choque do dia anterior lhe teria fritado os miolos?", perguntas que só aquela mulher transformada da noite para o dia teria as respostas.

Diana e Diôni se olhavam, ele timidamente obedeceu sua mãe, Diana queria trocar de assento, mas não conseguia. Marcondes pressentia o que estava por acontecer, sorriu para Giovana, apesar dos pesares orgulhava-se da atitude e coragem da filha.

O mais esperado chega, entra no quintal a pé, com a carteira na mão.

Ali estava Mário: o arisco.

Entra de mansinho, os vidros espelhados não lhe dão certeza de quem está na sala, mas ele percebe que há mais de uma pessoa. Seus pertences são poucos, mas não tão poucos ao ponto de levar nas mãos até seu carro. Ele entra na sala mais de mansinho ainda. "O que seria aquilo, um complô?"; "Qual era a armadilha desta vez?" — Mário tentou ser irônico na sua chegada, mas sem nenhum sucesso, perdeu toda a prática devido ao nocaute do dia anterior. Cristina observava tudo. Edgar desta vez ficou na casa de ferramentas. "Depois Giovana me conta." Giovana que não sabia como começar seu discurso. Diôni e Diana, que resistiam fortemente à vontade que se sobrepunha sobre eles. Marcondes só aguardava, passivamente.

— Sente-se Mário — ela estalou os dedos, Mário pianinho, pianinho obedeceu. — Bem, não se espantem, fui eu quem organizou para que todos pudessem estar aqui neste horário. "Cristina", grita Giovana, "me trás um copo de água". De imediato, Cristina lhe entrega, dá uma piscadela para Mário, que sente vontade de enforcá-la. "Cristina, me chama o jardineiro, por favor, diga a ele para vir aqui agora, já"."Sim senhora." Saiu como um foguete a curiosa e maldosa Cristina.

    Edgar entrou na sala, com seu chapeuzinho sobre o peito. Envergonhou-se vendo a sala cheia. "Dá licença." Mário o reconheceu. "Sente ali, por favor", ordenou Giovana ao homem de poucas palavras.

    — Edgar, é você mesmo? Está acabadinho, hein! — Mário conseguiu ser irônico, estava voltando a si. Começou a pensar: "Há meses está trabalhando aqui seu filho-da-puta, o que anda fazendo hein? Essa cara de santo não me engana, no mínimo está comendo a Giovana, fala, fala seu desgraçado, está comendo ou não? Acho que não, tá tão acabadinho que acho que seu pau nem levanta mais." Mário encarava Edgar, que se mantinha quieto.

    — Cale-se Mário, não mandei você dizer nada. E aqui quem manda sou eu — uma súbita força e coragem se apossaram de Giovana, ela sem rodeios começou seu discurso, discurso cheio de revelações.

    — Chamei todos vocês aqui porque tenho algo a dizer, tenho uma revelação a fazer, há muito isso está na minha consciência, tentei de diversas formas revelar isso antes, nunca tive coragem, mas mediante o que ocorreu nesta mesma sala ontem, vejo que não há razões para eu me poupar. Estou pronta para encarar as conseqüências, não posso deixar de ver meu filho feliz, não posso atrapalhar a vida de duas pessoas que se gostam tanto — olhou para Diôni e Diana.

    Um silêncio para ouvir Giovana, ninguém entendia porque era necessária a presença de Edgar ali, numa reunião de família, que estava se desfazendo era verdade, mas ainda era uma reunião de família. O que o jardineiro tinha a ver com tudo aquilo? Marcondes já entendia, Mário gelava em pensar no que aquilo poderia terminar.

    — Não posso — continuou a mulher —, não posso mesmo atrapalhar a vida de ninguém, ninguém tem o direito de interferir na vida alheia, me vejo no dever de dizer a verdade a todos vocês, vou revelar aqui meu segredo, um segredo que tem a ver, é de interesse de todos vocês, e pode mudar suas vidas.

Diôni e Diana ansiosos, ele pôs uma de suas mãos sobre a dela, ela apertou, se olharam, sorriram timidamente, era como se soubessem o que estava por acontecer. Mário furioso, Edgar ainda sem entender nada, Marcondes na dele. Giovana começa a chorar e conclui:

— Diôni — deu uma pausa, ele a olhou. — Você, meu filho, — agora ela aos prantos, mas ainda forte nas palavras. — Você meu filho, não é filho de Mário, você meu filho pode amar Diana pelo resto de sua vida, vocês não são irmãos, nunca foram e nunca serão. O seu pai, meu filho... — Estava difícil de ela continuar. Giovana juntou todas as suas forças e mesmo aos prantos soltou tudo o que tinha a dizer:

— O seu pai, meu filho, é Edgar, tivemos um romance no passado, nos amamos muito, na época fui iludida por outro homem que me fez deixar este amor; amor que está renascendo das cinzas. Contratá-lo foi a única maneira que encontrei de deixá-los um perto do outro, mesmo que nada desconfiassem, mas a única forma — me desculpem, me desculpem todos vocês. — Agora Giovana só chorava. As forças de Giovana permitiram que ela chegasse somente até ali.

Diôni não tinha nenhuma reação, Diana também não. Marcondes começou a aplaudir a filha, que o abraçou. Cristina aplaudia à distância, no ritmo de Marcondes. Edgar coçava a cabeça tentando digerir a notícia. Mário, confuso, irritado, começou a chorar.

Ali estava Mário: o chorão.
Ali estava Mário: o corno.
Ali estava Mário: o desamparado.
Ali estava Mário: pagando seus pecados.
Ali Mário não estava mais, saiu em disparada rumo ao portão, queria se ver longe dali, o portão que Cristina abriu e acenou antes que ele saísse, é claro.

Diôni e Diana se beijavam, Cristina, Marcondes, Giovana e Edgar ficaram em volta deles aplaudindo.

Da revelação de Giovana para os dias de hoje se passaram mais ou menos um ano e sete meses. Neste período, Marcondes despediu Mário.

Em algum lugar está Mário: o desempregado.

Diôni, o marido de Diana, o substituiu. Giovana e Edgar moram na mesma casa onde um dia ele fora jardineiro. Cristina ganhou uma menina, confessou que a filha era de um vizinho que se casou com ela. Mário um dia foi atrás dela reivindicando ver a filha, o marido dela lhe deu uma surra e esfregou os resultados do exame que comprovava quem era o pai na cara dele. Por aí deve andar Mário: o olho roxo. Marcondes ainda conta histórias, discute diversos assuntos. Neste momento ele está falando sobre o assunto de que mais gosta.

"Mulheres — estejam elas onde estiverem, ou sejam elas quem forem, sempre serão responsáveis pelo incessante girar do mundo e de uma sociedade em geral. Com sua formosura, beleza tão vasta e singular são capazes de corromper o homem, fazem os homens mais durões chorarem, fazem os pecadores se arrependerem e transformam santos em pecadores.

As mulheres são o sol da vida dos homens, elas, sem sequer mover uma única palha, fazem que os homens se preocupem com o amanhã. Elas são culpadas por tudo o que na vida acontece, seja na vida dos anônimos, dos muito famosos e dos que não têm tanta fama assim.

Os homens buscam fama por causa de uma mulher, eles compram uma mansão pensando na mulher que freqüentará ali com ele, com o carro luxuoso é a mesma coisa. A ambição por um cargo melhor dentro de uma empresa: existe por trás disso impressionar alguma mulher. Em uma obra literária existe a possibilidade de a inspiração ser uma mulher. O homem quer ganhar guerras para mostrar à mulher o quanto ele é forte, ele quer se sobressair entre os iguais para ser diferente aos olhos de uma mulher.

As mulheres são as mais belas de todas as criações, merecem tudo o que há de bom, pois sem elas não haveriam heróis, grandes músicos, escritores, jogadores e intelectuais, entre tantos talentos. As mulheres estão acima dos desejos e dos sonhos, por mais intenso que seja um sonho nele haverá espaço para uma mulher. A mulher é a alma do mundo, é a mais bela e perfeita criação divina, sem elas os homens nada seriam. Mulher, se você soubesse o poder que tem...

Um viva às mulheres — principalmente aquelas que inspiram e ajudam o seu homem a conquistar suas mais nobres ambições."

Ele, estava dizendo isso para o seu bisneto que dormia no berço, o velho e o recém-nascido estavam sendo observados da porta por um sorridente casal, Diana e o réu dos sonhos.

**INFORMAÇÕES SOBRE NOSSAS PUBLICAÇÕES
E ÚLTIMOS LANÇAMENTOS**

Cadastre-se no site:

www.novoseculo.com.br

e receba mensalmente nosso boletim eletrônico.

novo século
editora

NEW COLORS (11) 4421-1009

IMPRESSÃO E ACABAMENTO
COM ORIGINAIS FORNECIDOS PELO CLIENTE